KB020069

로크미디어가
유혹하는
재미있는 세상

공정거래위원회 2

2023년 8월 8일 초판 1쇄 인쇄
2023년 8월 11일 초판 1쇄 발행

지은이 현우
발행인 강준규

기획 이기헌 왕소현 임동관 박경무 강민구 조익현
책임편집 금선정
마케팅지원 이원선

발행처 (주)로크미디어
출판등록 2003년 3월 24일
주소 서울시 마포구 마포대로 45 일진빌딩 6층
Tel (02)3273-5135 **Fax** (02)3273-5134
홈페이지 rokmedia.com **E-mail** rokmedia@empas.com

© 현우, 2023

값 9,000원

ISBN 979-11-408-1421-3 (2권)
ISBN 979-11-408-1419-0 04810 (세트)

질 끝판왕 사망

한명그룹
김성균 본부장

현우 현대 판타지 장편소설 ②

Contents

질 끝판왕 사망

한명그룹
김성균 본부

연수원 동기? (2)

행정고시 123기 박다영 사무관.

이 몸의 진짜 주인인 이준철과 행시 동기이자 같은 분임(팀)이었다.

하지만 접점은 딱 그뿐.

지방대를 졸업한 이 몸의 진짜 주인과 달리, 그녀는 서울대를 졸업하고 무려 스물넷에 행시를 패스한 성골 엘리트였다.

두 살 더 많다고 선배 소리 듣는 게 민망할 정도다.

"연수원도 수석 졸업이야?"

그런 그녀는 임명장 수여식 때 대표자 선서까지 했다.

모든 방법을 동원해 파악한 그녀의 신상은 '금감원'에서 근무한다는 것뿐이다.

"전화번호도 없을 정도면 정말 연관 없는 사람인데……."

준철은 어지럽게 널브러져 있는 사진들을 치우며 침대에 누웠다.

최대한 긍정적으로 생각해 보자.

잊고 살던 지인이 갑자기 연락을 해 올 때, 동창회 친구가 갑자기 친한 척을 해 올 때. 이런 경우는 보통 무언가 부탁할 때뿐 아닌가?

모르는 과거 얘기가 나오진 않겠지.

'……'

그렇게 잠깐 졸다 불현듯 눈이 부릅떠졌다.

너무 사무적으로만 생각했다.

미모가 출중하던데 애인 관계였으면 어쩌지?

모르는 과거 얘기 꺼내면서, 거절할 수 없는 부탁을 하면 어쩌지?

뜬눈으로 밤을 새운 준철은 한 시간이나 일찍 약속 장소에 도착했다.

부회장의 횡령을 대신 뒤집어쓰고 검찰에 출두했을 때도 이처럼 떨리진 않았던 것 같다. 제발 모르는 얘기만 하지 않기를.

그렇게 커피 두 잔을 비우자 묘령의 여인이 불쑥 말을 걸어왔다.

"혹시, 준철 선배?"

말 걸 사람은 하나뿐이지만 준철은 화들짝 놀랐다.

이목구비 선명한 인상에, 이지적인 외모.

연수원 졸업 사진으로 대충 미모는 예상하고 있었는데, 막상 만나 보니 완전 다른 사람처럼 느껴졌다.

청초하고 가녀린 얼굴에서 세련미 넘치는 얼굴로 완전 탈바꿈되어 있었다.

"어머! 진짜 맞구나. 준철 선배."

"어…… 어."

"아니 사람이 왜 이렇게 변했어요? 준철 선배 원래 머리에 이런 거 안 바르지 않아요?"

놀라긴 그녀도 마찬가지였다.

얼굴의 절반을 가리고 있던 뿔테 안경, 더벅머리, 아빠 양복.

이게 그녀가 기억하는 준철의 모습이었다. 촌스러움의 표본이었던 남자가 멀끔한 모습으로 나타나니 경악스럽기까지 했다.

"진짜 티비에서 본 그 모습이 맞구나. 전화하면서도 긴가민가했는데."

"티비?"

"네! 선배가 대성중공업 건하고 한경 대리점 갑질 맡은 거 맞죠? 기자회견할 때 겨우 알아봤어요."

그녀의 격한 반응을 보고 준철도 한시름 놨다.

왜 뜬금없이 연락해 오나 했더니 기자회견 봤구나.

이럼 사적인 용건은 더욱 아니다.

"고마워. 너도 얼굴 좋아진 것 같다. 어떻게 지냈어?"

"예? 준철 선배 드디어 저한테 말 편하게 하는 거예요? 호호."

"⋯⋯응?"

"저랑 분임(조별)과제 할 때도 말 안 놨잖아요. 다영 씨, 다영 씨 거려서 동기들이 닭살 돋는다 했던 거 기억 안 나요?"

미치겠다.

연수원 동기면 최소 3개월씩 서로 얼굴 보며 사는 사이다.

게다가 같은 분임이면 합숙 생활까지 했을 텐데, 말도 못 놓는 사이였다니.

이 몸의 진짜 주인은 얼마나 숙맥이었다는 건가.

"아 맞다. 그랬었죠."

"됐어요. 이제 겨우 편한 사이 됐는데, 갑자기 왜 또 존댓말을 하세요."

"⋯⋯."

그녀는 대수롭지 않게 말했지만 준철은 정신을 바짝 차렸다.

미모가 출중함은 물론, 언변과 자신감 또한 상당하다.

말을 편하게 놓지 못한 건, 정말 상대가 편한 사람이 아니라서 그랬던 건지도 모른다.

커피로 목을 축인 준철은 준비한 말을 꺼냈다.

"미안. 최근에 큰 사고를 당해서 정신이 오락가락해."

"사고요?"

"교통사고를 크게 당한 적 있거든. 혼수상태로 좀 오래 지냈어."

"아니 혼수상태요? 대체 얼마나 큰 사고였기에."

지난 사정에 대해 설명하자 그녀가 안쓰러운 얼굴을 지었다.

"미안해요. 미리 알았다면 꼭 찾아갔을 텐데."

"괜찮아. 미안함 느끼라고 한 말이 아니라 내 기억이 온전치 않아서 한 말이야. 과거 얘기를 내가 많이 기억 못 할 수도 있어. 근데 오늘 보자고 한 이유가?"

준철이 주제를 돌리자 활기차 있던 그녀도 얼굴이 조금 굳어졌다.

역시나 부탁할 게 있다는 뜻이다.

"선배. 지금 저희 금감원이 건수 하나 잡은 게 있는데, 좀 도와줄 수 있어요?"

"내 개인적인 도움이 필요한 거야, 아님 공정위가 필요한 거야?"

"……둘 다요."

"얼마나 큰데?"

"지금 저희 쪽에 제보한 사람만 8명. 근데…… 피해자는 더 있고 이미 그중 10명은 사망했어요."

사망 얘기에 준철이 눈빛이 달라졌다.

"설마 보험사와 관련한 얘기야?"

"네. 근데 그걸 어떻게……?"

"공정위가 금감원 도와줄 일이 보험약관 말고 또 있나. 무슨 상황인데?"

연수원에서 보던 그 촌스럽고 어리숙한 남자가 아니다. 사무적인 말투에 분위기도 차가워졌다.

길게 뜸 들이던 그녀는 커피 잔을 어루만지며 조심히 말을 꺼냈다.

"유경생명과 관련한 얘기예요."

"유경생명이면…… YK다이렉트 보험?"

"네. 그중에서도 암보험이요. 지금 가입자들과 치료비 분쟁이 있는데 약관이 무척 애매하거든요."

"약관이 애매하면 가입자한테 더 유리하게 해석하는 거잖아. 뭐가 문제지?"

"맞아요. 근데 유경생명이 지금 그걸 안 따라요."

준철이 호의적인 반응을 보이자 그녀가 재빨리 서류를 보여 줬다.

"처음부터 설명하자면, 지금 유경생명이 암 치료비를 자꾸 '부분' 지급하고 있거든요?"

"부분 지급?"

"네. 암 환자가 치료를 위해서 요양병원에 입원했는데, 요양병원비는 안 된다는 거예요. 병에 대한 '필수치료'로 인정할 수 없다고."

"그럼 통원 치료만 지원하겠다는 건가?"

"네. 근데 이게 말이 돼요? 암 환자 30%가 다 합병증으로 고생해요. 온몸에 장기가 다 망가지는데 어떻게 사람이 통원 치료만 하겠어요?"

보험법은 보험약관이 애매하면 가입자에게 유리하게 해석한다.

하지만 이 경우는 어디까지를 '필수치료'로 볼지에 대한 애매함이었다.

의학적 소견에 따라 판단이 달라질 수 있는 문제.

보통 보험사는 이런 싸움에선 절대 지지 않는다.

"그럼 금감원에서 적당히 중재할 수 있지 않나?"

"했죠. 무려 다섯 차례나."

"……했다고?"

"네. 지금까지 YK암보험 분쟁이 다섯 차례 있었는데, 우리 쪽에선 전부 지급권고로 결정 내렸어요. 근데 유경 쪽에서 그 권고안을 다 안 따랐어요."

준철은 커피를 뿜을 뻔했다.

금감원의 권고 결정은 사실상의 명령이다.

불복하고 재판으로 간다? 이건 자살행위나 다름없다. 법원도 행정명령을 존중하고 판결도 여기서 크게 벗어나지 않는다.

그걸 제일 잘 아는 게 보험사인데, 감히 금감원의 권고를 무시했다니?

"지금 유경생명이 금감원 권고를 어겼다는 거야?"

"정확히 말하자면 이것도 편법으로 빠져나갔어요. 금감원 결정은 단순히 권고일 뿐이다, 재판까지 갈 거다라고 가입자들을 협박했더군요."

"시간을 끌었다는 건가? 일부러?"

"네. 보험사랑 시한부 선고받은 암 환자. 양쪽이 시간 싸움하면 누가 이기겠어요? 이건 환자들 약점 가지고 악용한 거예요. 요양병원비를 전액 지원한 사례는 한 차례도 없고 전부 20~30% 지원으로 끝이 났어요."

그녀는 이에 대해 열변을 토하며 말했지만, 준철은 내내 쓰디쓴 표정을 지었다.

그녀의 말에 공감해서가 아니다. 과거의 악연 때문이다.

김성균이 임원으로 처음 진급했을 때 발령받은 곳이, 한명보험 심사과였다.

한명보험은 회장님이 편법 승계하려고 지분을 다 몰아넣

은 회사였는데, 후계 수업을 받는 2세들은 모두 여기를 거쳐 갔다.

당시 부회장을 따라 보험심사과 이사장으로 간 김성균은 딱 한 가지 일만 했다.

잡은 물고기들한테 밥 안 주기.

영업부가 보험을 많이 팔아 오면, 보험심사과는 별의별 트 집을 잡아 보험료 지급을 막았다.

희귀 질환 보장을 나중에 특약이었다 우겼고.

치료비 나갈 내역이 있으면 필수치료가 아니라 우겼다.

보험 사기 예방이라는 본연의 목적은 절반도 되지 않았다.

그런 악행이 지금은 그게 화살이 되어 돌아오는 것 같다.

그 돈이 누군가에게는 내일 당장의 치료비였다니.

그게 누군가의 생명과 직결된 이야기였다니.

왜 그땐 돈 타 가는 모든 사람이 다 보험 사기꾼으로 보였 을까?

"……해서 저희가 지금 이거 문제 삼으려 해요. 선배?"

긴 상념에 잠겨 있던 준철은 다시 정신을 차렸다.

"그럼 나도 핵심만 물을게."

"네."

"금감원에서 직접 해결할 수도 있는 일을 왜 나한테 부탁 하지? 그쪽에서 일 잘 안 풀린 건가?"

민감한 지적에 그녀가 착잡한 얼굴로 말했다.

"……맞아요. 이거 지금 제 윗선에서 다 손 떼라고 지시한 사항이에요."

"왜?"

"깊이 관여하지 말아라, 이게 제가 들은 답이거든요."

그녀는 서류를 짚으며 말했다.

"저희 윗선은 이번에도 지급권고로 끝내라고 해요. 근데 이미 다섯 번이나 권고를 무시한 보험사가, 여섯 번째 권고 하면 먹히겠어요?"

"설마 중징계까지 생각하고 있나?"

"네. 최소한 기관경고 정도는 들어가야죠. 유경생명이 이 약관을 고치든, 보장 범위를 넓히든 누군가 하나는 이 말장 난 끝내야 하는 거 아녜요?"

금융사의 제재는 총 다섯 단계로 '기관경고'는 2단계에 해당하는 중징계다.

기관경고가 확정되면 유경생명은 1년간 신사업을 할 수 없다.

달리 말해 유경생명도 이 중징계를 피하기 위해 모든 사력을 다할 것이다.

불이 크게 날 게 빤한 사건인데, 금감원 윗선에선 당연히 말렸을 터.

하지만 그 윗선의 만류도 이 열혈 사무관의 고집은 꺾지 못했다.

공정위에 공문을 보내지 않고, 이렇게 개인적으로 찾아온 이유가 단숨에 설명되었다.

"도와주세요. 공정위가 이 보험 내용에 문제 있다고 '유권 해석' 내려 주면 저희가 중징계할 수 있는 명분이 돼요."

"……."

"선배, 이 약관 그대로 두면 내년에도 후년에도 또 이거 가지고 분쟁 일어나요. 누군가는 해결해 줘야죠."

엄밀히 말해 그녀의 부탁은, 공문으로 요청한 게 아닌 개인적인 부탁이었다.

자리를 박차고 일어나면 없던 일이 된다.

안 된다고만 말하면 된다.

하지만 준철의 입에선 차마 대답이 떨어지지 않았다.

나를 저주하며 죽은 사람들이 얼마나 될까.

한번 시작된 이 의문이 줄곧 머릿속을 떠나지 않았다.

"정 부장. 섬유종증 치료비 지원? 어제 올린 그거 뭐야?"

"아, 예. 이사장님. 일전에 말씀드린 희귀 질환 안건입니다. 알아보니…… 좀 애매하긴 하지만 저희 보장 내역은 맞는 것 같습니다."

"그래서?"

"다퉈 봐야 승산 없을 것 같습니다. 그래서 지급 결정 내렸습니다."

툭—.

"다퉈 봐야 승산이 없다? 그러니 지금 거저 주겠다는 거야?"

"이사장님. 그 말씀이 아니라."

"가입자들 병원비 다 지원해 줄 거면 보험심사과는 왜 있어?! 특약이었다, 필수치료로 볼 수 없다, 누군 양심이 없어 이 짓거리 해?"

"하지만 지금 금감원에……."

쾅—!

답답한 놈들.

금감원 무섭다고 보험료를 다 지급하다니.

당연히 줘야 할 돈도 악다구니 써서 막아야 하는 게 보험심사과다. 그렇게 한 번 싸우면 전액 지원할 돈도 부분 지원이 될 수 있다.

"금감원이 뭐?! 우리가 이 보험약관 만들 때 얼마 쓴 줄 알아? 전직 금감원장, 공정위 약관 국장, 판검사, 의대 교수들! 전관들한테 자문료 수십억씩 처발라서 만든 게 이 보험약관이야."

"……."

"빠져나갈 구멍 다 만들어 놓고 파는 건데, 왜 네들이 앓는 소리야?!"

"죄, 죄송합니다."

"죄송하면 회삿돈 좀 아까운 줄 알아! 영업부에서 보험 100만 개 팔아 오면 뭐 해, 100만 명 다 지급해 버리면 파산하는데! 고기 잡아 오면, 네들은 살만 찌워!"

공정거래
위원회

"흐억…… 헉. 헉."

악몽에서 깬 준철은 침대에서 벌떡 일어났다.

그녀를 만난 이후 늘 같은 꿈이다.

아니, 더 정확히 말하면 악몽도 꿈도 아니다. 과거 자신이 했던 만행이 꿈속에서 적나라하게 구현됐을 뿐이니까.

"하아……."

트집 잡아 보험료 지급을 미루는 일. 가입자에게 소송을 걸어 전액 지원을 부분 지원으로 바꾸는 일.

그게 바로 한명보험 심사과가 하던 일이었다.

보험 사기꾼이랑 싸우던 건 한 절반이나 될까? 대부분은 다 가입자들과 보상비 가지고 싸웠다.

'결국 내 업보네……'

선잠에서 깬 준철은 힘없이 자리를 털고 일어났다.

부당한 관행을 바꾼다면 죄책감을 조금이나마 덜 수 있을까?

지나간 과거가 오늘따라 야속하게 느껴진다.

❧

"굿모닝. 매우 좋은 아침."

황금연휴를 마친 김 반장은 티 없이 맑은 얼굴로 사무실에 입성했다.

맡은 사건마다 구원투수처럼 해결하고, 늘 과장님의 특별 휴가까지 받는다.

신바람 나는 출근길이 바로 이런 것일까?

"오셨습니까, 반장님. 베트남 다녀오셨다면서요?"

"어, 박 조사관. 어떻게 알았어?"

"카톡 프로필로 광고해 놓고선 무슨. 좋으셨어요?"

"그랬나. 크큭. 좋긴 좋더라. 물가 싸고 경치 죽여줘. 와서 하노이 초콜릿 좀 먹어 봐."

김 반장이 기념품을 풀자 사무실은 왁자지껄해졌다.

하지만 그런 훈훈한 분위기는 얼마 가지 못했다.

"일찍들 오셨네요. 휴가 잘 보내셨어요?"

준철이 서류 폭탄을 들고 등판하자 반원들 얼굴이 굳어 버린 것이다.

"아니……."

"이게 무슨……."

그리 물을 겨를도 없이 준철이 서류를 내려놓고 말했다.

"반장님. 저희 소비자정책국이 몇 번이죠?"

"예?"

"아, 약관심사과로 가야 돼요. 내선 번호가 몇 번이죠?"

"약관심사과는 106번이긴 합니다만…… 그건 왜요?"

"자료 좀 요구하고 싶어서요."

준철이 대수롭지 않게 내선 전화를 들자 박 조사관이 허겁지겁 달려와 전화를 잡았다.

"팀장님 그게 무슨 말씀이세요! 저희 오늘 막 업무 복귀했습니다!"

"대체 이 폭탄 자료들은 뭡니까?!"

과장님이 업무 내려 줄 때까지 당분간 휴식기다.

그렇게 믿고 출근했는데 갑자기 업무폭탄이 떨어지니 혼비백산할 것 같았다.

"별거 아닙니다. 들은 얘기가 있는데 뭘 좀 확인해 보고 싶어서요."

"무슨 확인요?"

"유경생명, YK다이렉트 암보험이요. 지금 가입자 몇 사람이 보험료 지급 건 가지고 여기랑 싸우고 있다네요."

준철이 간략히 상황에 대해 설명하자 몇 사람은 이미 식은땀을 흘렸다.

아무리 들어도 고생을 사서 하겠단 뜻으로 들렸기 때문이다.

"……해서 저희 쪽도 약관을 한번 들여다봐야 할 것 같아요."

"아니 팀장님. 근데 엄밀히 말해 보험은 금감원 업무 아닙니까?"

"금감원 일이기도 하고, 공정위 일이기도 하죠. 약관이 문제라는데."

"그럼 공문을 보내서 한번 조사해 보라고 하세요. 보통 이럴 땐 선빵 친 쪽이 업무 독박 씁니다."

"맞아요. 저희가 직권조사하는 게 약관심사과에 실례가 될 수 있어요."

직권조사.

신고된 혐의가 없어도 그냥 자율적으로 하는 조사를 뜻한다. 이름만 들으면 알 수 있듯, 공무원이 제일 싫어하는 일이다.

반원들이 뭘 우려하는지 알았기에 준철도 달래듯 말했다.

"걱정 마세요. 확인만 하고 주무부처에 잘 보내겠습니다."

그 말은 왠지 모르게 전혀 믿기지가 않았다.

☁

공정위 소비자정책국.

이곳은 몽둥이를 들고 있는 '소비자보호원'이다. 분쟁조정뿐 아니라, 강력한 행정명령도 내릴 수 있는 부서니.

그중에서도 약관심사과는 보험 업계에서 저승사자로 꼽혔다.

말장난 쳐 놓은 약관을 다 따지고, 시정명령을 요구할 수도 있는 부서니까. 보험사에서 갑자기 약관 개정을 발표하면 십중팔구 여기서 깨졌다는 뜻이다.

그런 곳에 입성하니 파블로프의 개처럼 준철의 몸이 움찔거렸다.

김성균 이사장이 얼마나 들락거린 곳인가?

"처음 뵙겠습니다. 이준철 팀장……."

"종합감시국에서 왔어?"

"아, 예."

"웬일이야. 자네들이 일을 찾아서 만들고?"

"……."

"오해는 하지 말고. 빈정거리는 게 아니라 대체 얼마나 심각한 사안이기에 종합팀에서 직행으로 왔나 물어보는 거야."

약관심사 최기철 과장은 긴장한 준철에게 그리 말했다.

다행히 목소리만 들어선 적의는 없어 보였다.

"예. 약관 하나가 걸리는 게 있는데, YK생명 암보험입니다. 먼저 읽어 보시죠."

준철이 서류를 건네자 그가 씨익 웃었다.

"나야 보험사들 약관은 다 외우고 다니는 사람이야. 정확히 어떤 분쟁인데?"

"치료 방법이요. 현재 가입자가 요양병원비를 요구했는데, YK에서 거부했습니다. 요양치료는 그쪽에서 필수치료로 볼 수 없다는군요."

준철이 순차적으로 설명하자 그가 눈썹을 꿈틀거렸다.

"자네 말만 들어선 모르겠네. 이건 우리 소관이 아니라 금감원 같은데?"

"예. 이건 금감원에서 넘어온 자료입니다. 그쪽에선 중징계를 내릴 모양이더군요. 저희 공정위가 '조항에 문제가 있다'고 유권해석 내리면 바로 징계 절차 들어갈 것 같습니다."

유권해석이란 말에 최 과장이 혀를 찼다.

금감원이 징계 때리고 싶은데, 공정위가 편 좀 들어 달란 뜻 아닌가?

하지만 이 유권해석은 함부로 내릴 수 있는 게 아니다.

개별 사안에 공정위가 편을 들면 그 분쟁 사례만 개입한 건데, 이 유권해석은 업계 전체에 행정명령을 내리는 거다.

"……어지간하면 지급권고로 끝내는 게 좋을 텐데."

"이미 수차례 지급권고를 해 왔답니다."

"뭐? 그럼 YK가 지금까지 금감원 권고를 무시했다는 거야?"

"교묘하게 피해 갔습니다. '권고'를 하니 오히려 그걸 가지고 피해자와 협상을 해 버렸더군요. 어차피 권고일 뿐이니까 적당히 이 돈으로 합의하자, 안 그럼 재판 가겠다."

"시간 끌었다?"

"예. 요양비가 1억이면 거의 2-3천 수준으로 가입자들과 합의를 해 버렸습니다. 다섯 차례 모두."

"흠……."

그제야 최 과장이 보험약관을 들었다. 금감원의 권고도 이용해 먹는 악덕 보험사라니.

배짱이 좋은 건지, 머리가 어떻게 된 건지 모르겠다.

그렇게 한참의 검토 끝에, 그가 인터폰을 들었다.

"홍 팀장 좀 내 방으로 오라 그래."

이윽고 사내가 들어오자 최 과장이 말했다.

"홍 팀장, 최근에 YK생명과 관련한 신고 있었나? 암 보험."

"YK암보험이면…… 늘 있었습니다. 혹시 요양병원비 문제입니까?"

"어. 그걸 어떻게 알아?"

"저희 쪽에서도 분쟁조정 들어왔는데, 저희가 금감원에 넘겼었습니다."

"왜?"

"약관이 애매한 게 아니라 치료 방법이 애매한 경우라서요. 암 전문가들한테 자문을 구하니, 어떤 사람은 요양치료가 필수라 하고, 또 어떤 쪽은 아니라 했습니다."

최 과장은 눈썹을 치켜들었다.

"뭐 이렇게 중구난방이야?"

"그게 저…… 정확히 말씀드리면 암은 발병 부위에 따라 천차만별이랍니다. 그래서 딱 잘라 단정할 수 없다는 게 의학계 입장이었습니다."

"그럼 혹시 그건 약관에 나와 있나? 어떤 암은 요양치료 지원되고, 어떤 건 안 된다."

"그건 없는 걸로 압니다."

충분한 대답을 들었는지 최 과장이 바로 말을 이었다.

"그럼 홍 팀장, YK생명과 관련한 내용 전부 이 친구한테 넘겨줘. 아니, YK뿐 아니라 다른 보험사들 약관 전부 다 가져와. 비슷한 조항 어떻게 다루고 있는지."

"아, 예."

"그리고 심평원, 건보공단, 대학교수들까지 가서 자문 좀 받아 와. 암 케이스 다 제시하고 어떤 게 요양치료 필수인지 정리해."

심평원, 건보공단, 의대교수.

약관심사과가 이런 총동원령을 내릴 땐 하나뿐이다.

대규모 법적 분쟁이 될 수도 있는 사건을 맡을 때.

홍 팀장이 허겁지겁 나가자 최 과장이 다시 눈을 돌렸다.

"들었지? 암은 케이스마다 달라서 함부로 결정할 수 없다는 거."

"예."

"우리가 아무리 가입자 편이라 해도, 전문가들이 필수치료 아니다라고 하면 편 못 들어."

세상 단단해 보이던 그도 이 말을 할 땐 목소리가 떨렸다.

"자네도 최대한 중립적으로 파악하란 뜻이야. 암보험이란 게 다 절박한 사람들 상대하는 거라 감정에 치우칠 수밖에 없거든."

"명심하겠습니다. 저도 최대한 중립적으로 보겠습니다."

"그래. 자료 넘어오면 연락할 테니, 그만 나가 봐."

"감사합니다."

준철이 인사하고 나가자 그가 참아 왔던 긴 한숨을 내쉬었다.

금감원의 권고도 협박 수단으로 써먹는 놈들?

이놈들은 공정위가 자기들에게 불리하게 해석하면 바로 행정소송을 제기할 놈들이다.

"후우……."

더 큰 문제는 다른 보험사들도 약관이 다 거기서 거기라는 것.

자칫하면 보험 업계 전체로부터 이의 제기를 당할 수도 있다.

그리 고민할 때 다시 전화가 울렸다.

"어, 홍 팀장."

-과장님. 말씀하신 보험 업계 전체 뒤져 봤는데요. 암보험약관은 대개 다 똑같습니다.

"요양병원비 관련한 규정이 하나도 없어?"

-예. 그리고 유사 사례가 있는지 찾아봤는데, 다른 곳도 이 요양치료

가지고 계속 분쟁이 있어 왔습니다.

　문제가 계속 있었다면 애매한 약관이라는 건 확실한 거다.

　원칙적으로 약관이 애매하면 가입자한테 유리하게 해석하는 게 맞는데…… 참 난감하다.

　보험 업계에 선전포고를 해야 하다니.

　"옌장할- 칼춤 한번 춰야겠네."

　-어떻게 할까요?

　"진행해. 아까 말한 전문가들 찾아가서 소견 받아 와. 암 발병 부위별로 어떤 게 요양치료 필수인지."

　-아, 예. 알겠습니다.

　전화를 끊은 최 과장은 도리어 마음이 편해졌다.

　일이 커지는 건 어쩔 수 없는 일이고, 이제는 이기는 것만 생각하면 된다.

　　　　　　　　　　　ᘒ

　"자료가 좀 중구난방이에요. 과장님이 요구하신 자료가 워낙 많아서."

　"아닙니다. 정리는 저희가 해야죠."

　"일단 과장님께서 요구한 내용은 다 들어 있다 보면 됩니다."

　"네. 감사합니다."

웃는 얼굴로 대답했지만 준철의 속내는 복잡했다.

홍 팀장이 준 자료는 중구난방이 아니라 아수라장에 가까웠다.

치료법에 대한 의학계 입장, 타 보험사 분쟁 사례, 비슷한 판례.

이해관계가 복잡하게 얽힌 이 자료들에서 실마리를 찾는 게 첫 과제가 될 것이다.

"근데 이 팀장님."

"네. 말씀하세요."

"찾다 보니 가입자 쪽에 불리한 자료가 하나 나왔는데."

홍 팀장은 난처한 얼굴로 한 서류를 가리켰다.

"알아보니 10년 전에 대법원 판례가 있었더군요. 이것도 유경생명에서 당한 소송이에요."

"판례요?"

"예. 요양치료를 '필수치료'로까진 볼 순 없다…… 이게 10년 전 대법 판례로 남아 있습니다. 유경생명에서 지급비 거절한 것도 다 이 판례를 근거로 했어요."

준철은 그가 내민 서류를 받아 들었다.

확실히 가입자 쪽에 불리한 판례였다. 대법원은 요양치료가 필수치료가 아니라고 명시한 바 있다.

"해서 만약 저희가 유권해석을 내리면…… 보험사에서 대법 판례 가지고 따질 수 있겠습니다."

그가 우려를 내비치자 준철은 싱긋 웃으며 말했다.

"아닙니다. 지금은 이 판례가 저희한테 더 유리할 수 있어요."

"유리하다고요?"

"네. 벌써 10년 전에도 이 문제 가지고 대법원까지 갔는데, 유경생명이 약관 개정 안 했잖아요."

"아…… 그럼 유경생명이 방치했다?"

"네. 요양치료가 필수가 아니라면 특약으로 설정하거나, 약관에 요양치료는 안 된다고 명시했어야죠. 지금은 오히려 이게 저희한테 유리합니다."

보험사 약관은 늘 분쟁의 여지가 있다.

그래서 문제 될 때마다 싸우고, 개정하고, 특약이 생기고 하는 과정이 있다. 이 책임은 전적으로 보험사의 몫.

한데 10년 전에 대법원까지 갔으면서도 약관에 명시를 하지 않았다?

이건 분쟁의 여지를 알면서도 개정하지 않은 것이다.

"그리고 그때 말씀하셨다시피 암은 발병 부위마다 천차만별이에요. 근데 10년 전 판례 보니까 치명 부위는 아니었네요. 이러면 별개 사안으로 따져야죠."

준철의 말에 그가 고개를 끄덕였다.

"하하. 내가 괜한 걱정을 했습니다. 보니까 이 팀장님이 투지 넘치시네. 검토하고 부족한 거 있음 이 번호로 직접 연락 주세요."

홍 팀장은 젊은 팀장이란 우려를 말끔히 지웠다.

판례가 나와 자신도 절망했는데, 그 판례의 허점까지 파고들다니. 자기가 하는 말은 조언이 아니라 잔소리가 될 거다.

그렇게 그가 나가고 나자 준철이 책상에 앉아 고심했다.

'……복잡하긴 하네. 유권해석을 함부로 내릴 순 없겠어.'

판례를 역이용할 수 있다는 거지, 판례가 유리하다는 건 아니다.

요양치료는 필수치료로 볼 수 없다. 아마 이 판결문 한 구절이 사건 해결 내내 따라다닐 것이다.

준철은 곧 서류를 들었고 유리한 자료와 불리한 자료를 선별하기 시작했다.

최 과장 말대로 이 업계에서 일하다 보면 누구나 약관을 외우는 경지에 이른다.

과거 김성균은 이 약관을 외우는 정도가 아니라, 작성을 하는 사람이었다.

은퇴한 금감원, 공정위 전관(전직관료)들한테 수많은 자문료 바쳐 가며 쓰는 게 이 약관 아닌가?

경험을 토대로 자료를 파고드니 눈에 밟히는 게 한둘이 아니었다.

YK암보험은 부지급률이 2%를 육박했는데, 이는 업계 평균인 1%대를 훨씬 상회하는 수준이었다.

비급여 항목 때문에 분쟁을 겪은 횟수는 한 해 800여 건이었고, 그중 600여 건은 YK에서 가입자에게 소송을 걸었다. 이 또한 업계 평균치인 300건을 훌쩍 넘는다.

YK암보험에서 치료비를 전액 보장받은 비율이 20%였는데, 이는 말기 암 환자 평균 생존율(30%)보다 낮았다.

암보다 암보험이 더 무서웠던 것이다.

'독종이네.'

그렇게 서류를 탐독할 때.

"으악―!"

갑자기 찢어질 듯한 두통이 엄습하며 머릿속이 까마득해졌다.

불명의 대화가 들리는 증상이 다시 찾아온 것이다.

✿

"지급권고라, 지급권고…… 어떻게 생각해 다들?"

흰머리의 한 노년 사내가 회의석 중앙에 앉아 있었다.

"편하게들 말해. 그러라고 부른 자리야."

사내가 재차 말하자 회의실이 금방 불타올랐다.

"사장님. 금감원의 지급권고는 사실상 1차 선고입니다."

"행여나 우리가 재판까지 진행하다 언론에 나가면…… 그땐 가입 실적이 바닥을 칠 겁니다."

공정거래
위원회

"그냥 지급하는 게 좋을 것 같습니다."

한석호 사장은 일말의 웃음기 없이 표정을 굳혔다.

노골적으로 뜻을 드러낸 거나 다름없지만, 임원들의 성화는 더욱 커졌다.

"외람되지만 사장님. 이참에 저희 보험약관을 전면 개정할 필요가 있습니다."

"전면 개정?"

"예. 작년 저희 YK암보험 부지급률이 2%로 업계 최다입니다."

"가입자가 제일 많은 암보험인데, 당연히 똥파리도 제일 많은 거 아니야?"

"그 변명 뒤로 벌써 6년을 숨었습니다. 이젠 저희도 근본적인 대책을 내놔야죠. 이번 기회에 분쟁이 많은 약관 내용 개정하고 부지급률 낮춰야 합니다."

임원 하나가 기어코 터부를 건드리자 한 사장이 돌발행동을 보였다.

'ㄷ'자 회의실 정중앙으로 갑자기 서류를 내던진 것이다.

"우리 임원들이 그런다면야 지급해야지. 그럼 이제 재원 어떻게 마련할지 다들 말해 봐."

"……."

"앞으로 요양치료 지원하려면 200억은 들 거고, 그간 시간 끌어서 합의한 놈들은 소급 적용해 달라고 달려들 거고. 넉

넉잡고 한 300억? 이거 어떻게 마련해야 돼?"

"아무래도 보험료 인상이 불가피⋯⋯."

"인상은 얼어 죽을. 그거 말고 제일 쉬운 방법 있잖아. 왜 그 말 안 꺼내?!"

이 자리에서 그게 뭔지 모르는 사람은 아무도 없다.

"박 전무, 자네 밑으로 임원들 사직서 받아 와."

"예?"

"엄한 돈 나가게 생겼는데 구조조정해야 할 거 아니야. 아닌가? 박 전무는 가만있었는데, 우리 말 잘하는 심 전무가 가져와야 하나?"

"사장님. 저희 말은 그게 아니라."

한 사장이 고개를 돌릴 때마다 임원들의 낯빛이 바뀌었다.

"거봐. 다들 밥그릇 내놓으라면 못 할 거면서 왜 남의 돈은 쉽게 내자고 해?"

"⋯⋯."

"내가 그냥 싸우라는 것도 아니야. 우린 10년 전에 받은 대법 판례도 있어. 요양치료는 필수치료로 볼 수 없다."

"⋯⋯하지만 사장님. 암은 발병 부위마다 천차만별이라 판례에 영향을 받지 않습니다. 깊게 따지고 들면 저희가 불리할 겁니다."

"그럼 늘 하는 거 있잖아, 시간 싸움! 어차피 얘기 복잡해지면 나가떨어지는 건 그놈들이야! 내가 치사하게 이거까지 알려 줘야 돼?!"

회의실은 조용해졌다.

이제는 이의 제기를 하는 임원도 찾아볼 수 없었다. 방금 사표 가져오라는 말에 모두 눈길만 피하지 않았나?

임원들의 조용해진 입은 이미 회의가 끝났다는 걸 말해 주었다.

한 사장은 자리를 털고 일어나며 제일 골치를 썩였던 심민석 전무를 봤다.

"자네는 내일 안으로 사표 가져와. 앞으로 대안 없이 반대만 하는 사람들은 모두 이 정도 각오는 해야 할 게야."

그 말을 끝으로 불명의 대화는 끝이 났다.

아마 그 회의가 마지막 회의였을 것이다.

사장님이 공개적으로 사표를 받는 건, 재론하지 말란 명령이니까.

❀

"뭔진 모르겠지만 어지간한 건 금감원이랑 얘기해. 보험약관? 솔직히 우리 애들도 몰라. 그건 전문가들끼리 해야지."

오 과장은 예고도 없이 방문한 최 과장이 반갑지 않았다.

종합감시국이 아무리 토탈 부서라 해도 기피 부처가 있다. 약관심사과는 얼굴만 봐도 질린다.

"안 반가운 건 아는데, 그래도 손님한테 너무한 거 아니야?"

"손님은 무슨. 또 뭔데?"

"흐허허. 역시나 종합국이 일을 만들어서 할 위인들이 아니지. 그놈이 혼자 찾아왔구먼."

"뭐?"

"나야말로 피해자야. 안 그래도 일 많은데 왜 갑자기 폭탄을 가져와?"

오 과장은 경계하다 최 과장이 내민 서류를 들었다.

첫 장만 확인했을 뿐인데, 눈이 화등잔만 하게 커지고 말았다.

"아니 이게 무슨……."

"자네 밑에 팀장 하나 있지. 이준철이라고. 이거 그 친구가 가져온 거야."

"이 팀장이? 난 오더 내린 적이 없는데?"

"직권조사했대. 수상해서 딱 하나 가져와 봤는데, 월척이더라고."

오 과장은 속사포처럼 서류를 넘겼다.

"이거…… 뭐야?"

"YK암보험. 요양치료가 필수냐 아니냐로 몇 년씩이나 싸우고 있더라고."

"그거 말고. 금감원 권고 어겼다는 거 사실이야?"

"완전히 어긴 건 아니고 교묘하게 빠져나갔어. 시한부 환자랑 시간 싸움하면 누가 이기겠나?"

"……."

"이놈들 그거보다 더한 짓도 많이 했어. 들여다보니까 문제 될 거 많더라고."

"근데…… 여기 대법원 판례가 나왔네? 10년 전에 유경생명이 이겼어?"

"그것도 깊게 들어가면 복잡해. 암은 발병 부위마다 천차만별이라지 않나. 우리가 섭외한 사람들 얘기 들어 보면, 이젠 암도 요양치료 필수래."

최 과장의 말을 다 이해할 순 없지만, 얼마나 골치 아플지는 벌써 예상이 되었다.

"다시 말하지만 나도 폭탄 배달당한 거야."

"……그래서 어떻게 하면 되는데?"

"요란법석 떨 생각 없으니까 그 친구만 파견 보내."

"이준철이만?"

"응. 우리도 유권해석만 내리고 금감원에 보낼 거거든. 그럼 금감원에서 중징계 때릴 명분 돼."

말은 쉽게 했지만 정말 지옥 같은 여정이 될 것이다. 공정위의 유권해석을 막으려고 전 보험사가 달려들지도 모른다.

고민에 휩싸인 오 과장에게 최 과장이 슬쩍 파견서를 내밀었다.

"당연히 해 줘야 할 일인데 뭘 이렇게 고민해? 딱 2개월만 이 친구 쓰자."

"……할지 안 할지가 아니라 이놈이 적임자인지 고민하는 거야. 그럼 그냥 경험자 데려가는 게 어때?"

"촌스럽게 경험 타령은 무슨. 사건 들고 온 게 그놈이야."

"나도 이 나이 때는 얻어걸린 거 많아. 소 뒷걸음질 치다 쥐 한 번 못 잡겠어?"

"이게 어떻게 뒷걸음질이야? 쥐구멍 어디 있는지 찾아내서 물어 왔구먼. 그냥 줘, 부족한 부분 있으면 내가 채우면 돼."

오 과장은 대답 없이 한숨만 쉬었다.

정말 미친놈 아닐까?

약관심사과에서 지원 요청이 오면 과장들은 갖은 핑계를 대 거절해 준다.

여긴 껍데기만 공정위지, 실상은 금감원이나 다름없기 때문이다.

민원이 발생했을 때, 어쩔 수 없이 한 번 해 주는 게 바로 약관심사다. 근데 이걸 직권조사해 버리다니.

오 과장이 대답을 주저하자 최 과장은 손을 덥석 잡아 버렸다.

"고마워, 오 과장. 그럼 허락한 걸로 알고 내일 당장 금감원에 공문 보내지."

공정거래
위원회

"박다영이 들어오라 그래. 지금 당장."

금융감독원 이석춘 과장은 아침부터 날벼락을 맞은 것 같았다.

[당국에서 약관을 검토 중 - 공정위 약관심사과]

지급권고로 끝내려 했던 문제를, 갑자기 공정위가 도와주겠다고(?) 알려 왔기 때문이다.

행정 당국이 가세할수록 사건은 더 커진다.

지금 이 순간 머릿속에 떠오른 쥐새끼는 하나밖에 없었다.

"부르셨습니까, 과장님."

"박 팀장. 요새 나 몰래 뒤에서 재밌는 일 해?"

"무슨 말씀이신지."

"기회 줄 때 솔직하게 말해. 왜 갑자기 공정위한테 이 공문이 와? 우리가 조사하던 문제를 마침 공정위가 직권조사해?"

과장님이 면전에 대고 공문을 던졌지만 박다영은 쾌재를 부를 뻔했다.

준철의 대답이 모호해 사실상 포기하지 않았나?

그런데 갑자기 공문이 도착했다. 공정위가 지원사격을 예고한 것이다.

"과장님. 그게 아니라요."

"묻는 말에만 대답해! 너 인맥 동원했냐?"

"부탁한 건 맞습니다."

"얼씨구? 그 소리가 왜 이렇게 당당하게 나와? 너 이거 엄밀히 말하면 업무 청탁이야. 네가 지금 뭔 일 터트린 줄 알아?"

"이 경우엔 청탁이 아니라 유관 기관 협조죠. 제 자료가 터무니없었으면 그쪽에서 묵살했을 겁니다. 공정위가 보기에도 문제가 있는 겁니다."

한마디도 지지 않고 말대답하자 혈압이 터질 것 같았다.

하지만 지금은 이 천방지축 신입 팀장을 타일러야 할 때다.

"박 팀장. 내가 지금 청탁이냐 아니냐 가지고 너랑 싸우는 거 아니잖아? 공직 사회에도 엄연히 매너란 게 있어. 내가 적당히 끝내자 한 사건을, 옆집 가서 지원 요청해 버리는 게 말이 돼?"

"그 부분은 정말 죄송합니다."

이 과장은 일단 기를 죽이고 본론을 꺼냈다.

"비단 절차뿐만이 아니야. 박 팀장은 이게 부당한 것처럼 보이겠지만 나? 이 바닥에서 20년 넘게 일했다. 연륜 있는 사람이 안 된다 하면 다 이유가 있는 거라고."

"그 이유가 혹시 대법 판례 때문입니까?"

"그래, 그 판례! 대법원에서 요양치료는 필수치료로 볼 수 없다 못 박아 놨어. 유경생명도 이걸 근거로 보험비 지급 거절했는데, 우리가 뭔 수로 징계를 때려?"

짐짓 목소리를 높였지만 박다영의 태도는 기대하던 것과 달랐다.

"과장님. 판례를 어기겠다는 게 아니라, 그 판례가 이 사례엔 적용 안 된다는 겁니다."

"뭐?"

"암은 발병 부위마다 치료법이 다 달라요. 그럼 케이스마다 된다, 안 된다를 약관에서 다 정해 놨어야죠."

"아니 지금……."

"그리고 10년 전에 대법까지 갔는데 유경생명 약관 하나도 안 고쳤어요. 왜 문제 있는 조항인 걸 알면서도 방치했겠습니까?"

공문 왔을 때부터 직감하긴 했다.

역시 좋게 말해서 들어 먹을 놈이 아니다.

"그래서 지급권고로 못 끝내겠다?"

"이미 다섯 차례나 내려 본 거 아닙니까. 근데 그때마다 유경생명은 시간 끌기 바빴습니다."

"……."

"공정위가 유권해석 내려 주면, 저희도 징계 명분 댈 수 있어요."

완강하던 이 과장도 이 대목에선 할 말이 없었다.

다섯 차례나 지급권고를 무시한 유경생명. 이건 금감원의 위신이 달린 문제이기도 하다.

행정명령은 사실상 1심 판결인데 어떻게 감히 기업이?

그것도 보험사가 시한부 환자와 시간 싸움을 벌여 쟁취해 낸 승리다.

과장님의 반응이 사뭇 달라지자 박다영도 말을 아꼈다.

이윽고 침묵이 끝났을 때, 이 과장이 고개를 치켜들고 물었다.

"박 팀장."

"예."

"만약 공정위에서 유권해석 안 내려 주면?"

"의료법상 요양병원도 의료 시설이니 공정위가 절대……."

"아니. 묻는 말에만 대답해. 만약 공정위에서 유권해석 안 내려 주면?"

박다영은 과장님이 무슨 대답을 듣고 싶은지 곧 눈치챘다.

"그럼 저도 더는 욕심내지 않겠습니다."

"나 그렇게 돌려 말하는 거 싫어해."

"포기하겠습니다."

확실한 대답이 나오자 그가 펜을 집어 들었다.

"불가근, 불가원. 행정 당국은 멀지도 않고 가깝지도 않아야 돼. 노골적으로 한쪽 편들지 마. 안타까워도 안 되는 건 안 되는 거야."

공정거래
위원회

"명심하겠습니다."

이윽고 그는 서류에 사인을 하며 그녀에게 건넸다.

박다영은 감격하여 고개를 90도로 숙였다.

"감사합니다, 과장님. 최선을 다하겠습니다!"

❧

"그래서 많이 깨졌어?"

"어휴- 그게 어떻게 깨진 거예요. 그 정도면 과장님도 좋
게 넘어가 주신 거지. 엄밀히 말해 상사 밟은 거잖아요."

"얘기가 그렇게 되나."

"호호. 신경 쓰지 마요. 처음부터 이 정도는 각오하고 있었
으니까."

두 번째로 만난 박다영은 첫 만남보다 훨씬 더 낯선 느낌
을 주었다.

뭐랄까. 김성균과 정반대의 사람이랄까?

사실 이 문제는 금감원에서 내부고발자로 찍힐 수 있는 문
제다. 일이 틀어지면 내부에서 왕따를 당하는 것은 물론, 징
계까지 열릴 수 있었다.

근데 저렇게 태연히 웃어넘기다니.

과거 김성균은 있던 문제도 덮는 사람이었지, 그녀처럼 조
용한 문제를 크게 키우는 사람이 아니었다.

솔직히 세상 사람들은 다 김성균처럼 산다.

그래서 그녀가 더 신기하고 낯설었다.

"아무튼 선배. 정말, 너무 고마워요. 난 솔직히 선배 반응이 미지근해서 완전히 다 포기하고 있었어요."

"참 안 믿기는 말이네. 다른 사람 알아보고 있었을 것 같은데?"

"켁켁. 아이고 차라리 귀신을 속이지. 우리 과장님보다 더 무섭네."

그녀의 반응이 재밌어 준철도 웃음이 났다.

그렇게 자연스레 손수건을 건네자 또다시 의외의 반응이 나왔다.

"엥?"

"……왜?"

"선배, 이런 것도 가지고 다녀요?"

"……나 원래 촌스러운 거 알잖아. 뭘 자꾸 새삼스럽게 놀라."

"이상하다. 이런 종류의 촌스러움이 아니었는데."

그녀의 질문이 집요해지기 전에 서둘러 화제를 돌렸다.

"일정부터 논의하자. 우리도 이제 전후 사정 다 파악했으니 유경생명 만나 봐야 돼."

"에휴…… 그러네요. 큰 산 하나 넘은 줄 알았더니 아직 문턱이네."

"근데 공정위까지 가세한 걸 알면 그쪽도 분위기 짐작할 걸."

"반발이 많이 심하겠죠?"

"중징계 떨어지기 직전인데 모든 연줄 다 동원하겠지. 솔직히 유경생명만 반발하면 다행이게. 유권해석은 타 보험사 약관에도 똑같이 적용돼. 아마 전 보험사 다 달려들 거야."

공정위가 문제 있는 조항이라 해석하면 전 보험사가 요양 치료 지원이 되는지 안 되는지를 약관에 명시해야 한다.

한 번 잡은 가입자는 무덤까지 쫓아간단, 보험사 철칙에 따라 안 된다고 하진 않겠지.

은근슬쩍 특약으로 빼놓거나, 갱신할 때 갑자기 개정 약관으로 바꿔 버리는 꼼수도 막아야 한다.

"비단 그뿐이 아니야. 문제가 있는 조항이라면 소급적용 어떻게 할 건지 전부 다 맞춰야 해."

"선배. 제가 그냥 직설적으로 하나 물어봐도 돼요?"

"말해."

"공정위 내부에선 유권해석 어떻게 생각해요. 안 하려는 분위기예요?"

준철은 잠시 고민하다 솔직하게 털어놨다.

"솔직히 신중하자는 분위기야. 잘못 내렸다간 전 보험사가 다 반기를 들 테니까."

"……그렇군요."

"안 하겠다는 건 아니고. 우리도 중간에 합류한 후발 주자 잖아? 되도록 보험사, 가입자 양측 의견 다 들어 보고 싶어. 물론 금감원 권고를 다섯 번이나 어겼던 건 핵심 고려 대상이야."

"그럼 나 좀 안심해도 돼요? 호호."

그녀가 애교 섞인 말투로 말하자, 근엄한 얼굴을 유지하던 준철도 웃음이 나왔다.

"뒷일 무서워서 쫄지는 않아."

"오케이— 그럼 이렇게 해요. 공정위는 가입자 만나 보고, 보험사도 만나 보고. 우리 금감원은 소급적용분 및 요양지원금 다 계산해 보고."

"좋아."

"선배 가입자들부터 먼저 만나 주세요. 알다시피 다들 투병 중이라 하루가 급해요."

"그럼 오늘 날짜 잡을까?"

"다음 주 월요일 어때요. 제가 최소 여덟 분은 모을 수 있는데."

약속 장소와 날짜를 잡고 준철이 일어날 때, 그녀가 조심히 옷자락을 잡고 말했다.

"선배. 다시 한번 고마워요. 이분들 정말 이 순간만 기다렸어요."

"반장님. 얼마나 걸립니까?"

"한 시간이면 갑니다."

"얼마나 모이셨대요?"

"총 여덟 분요. 그중 세 사람은 현재 투병 중인 환자고, 나머지는…… 유가족이랍니다."

만남 장소는 경기도 외곽에 위치한 요양치료센터로 정해졌다.

김 반장은 접견인 신상에 대해 건넸지만, 솔직히 준철의 눈엔 잘 들어오지 않았다.

"유가족 분이면 그……."

"네. 금감원에서 지급권고했는데, 유경생명에서 거절한 사람들이에요."

얼마나 한이 맺혔으면 가족이 죽고 나서도 싸움을 멈추지 않을까?

김 반장의 설명을 함께 듣는 반원들도 씁쓸했다.

만약 보험사 주장이 맞는다면 이들에게 고통스러운 소식을 전해야 할 거다. 아무리 엄정하게 판단해야 해도 인지상정이 앞서는 건 어쩔 수 없다.

이 때문인지 한 시간가량의 여정에는 불편한 침묵만 감돌았다.

그렇게 겨우 도착했을 땐, 머리를 삭발한 세 명의 환자가 정문에 나와 있었다.

반원들은 더욱 마음이 좋지 않았다.

연로한 노인을 예상했는데, 세 사람 모두 또래로 보이는 30~40대 환자들이었기 때문이다.

"처음 뵙겠습니다. 공정위……."

"와 주셔서 너무 감사합니다!"

"정말 많이 기다렸어요."

인사를 채 마치기도 전에 그들이 눈물을 훔치며 손을 덥석 잡았다.

당혹스럽기보단 덩달아 눈물이 왈칵 날 것 같았다.

병보다 더 아픈 건 가족들에 대한 미안한 마음 아니었을까?

문득 그런 생각이 들었지만 준철은 고개를 저었다.

흔들리지 않아야 한다.

"먼저 말씀드릴게요. 저희는 오늘 전후 사정을 파악하기 위해 온 겁니다."

"네."

"보험사에도 갈 거예요. 최종 판단은 종합적인 요소를 고려한 후 내릴 겁니다."

그 누구 편도 아니란 뜻으로 말을 했는데, 이미 감격해하는 이들에겐 소용없었다.

이윽고 자리를 옮기자 수척해 보이는 사내가 말했다.

"저…… 선생님."

"말씀하세요."

"보통 보험약관이 애매하면 가입자 편이라 들었습니다만."

"네. 근데 이 경우엔 치료법이 애매한 경우라서요. 법으로 따지면 좀 복잡해집니다."

그리 대답하자 중간에 있던 여자가 기다렸다는 듯 물었다.

"저는 보험심사과에서 이미 재판 결과도 나왔다고 들었어요. 이건 뭔가요?"

"판례요. 조사해 보니 이미 비슷한 분쟁으로 대법까지 간 전례가 있더군요."

"유, 유경생명이 이겼습니까?"

"네. 요양치료는 필수치료로 볼 수 없다. 이게 10년 전 대법 판례였습니다."

"……그럼. 저희한텐 희망이 정말 없는 겁니까?"

젊은 여성이 불안에 떠는 눈빛으로 묻자 준철이 답했다.

"확답드릴 수 없지만 지금은 그게 더 유리할 수도 있습니다."

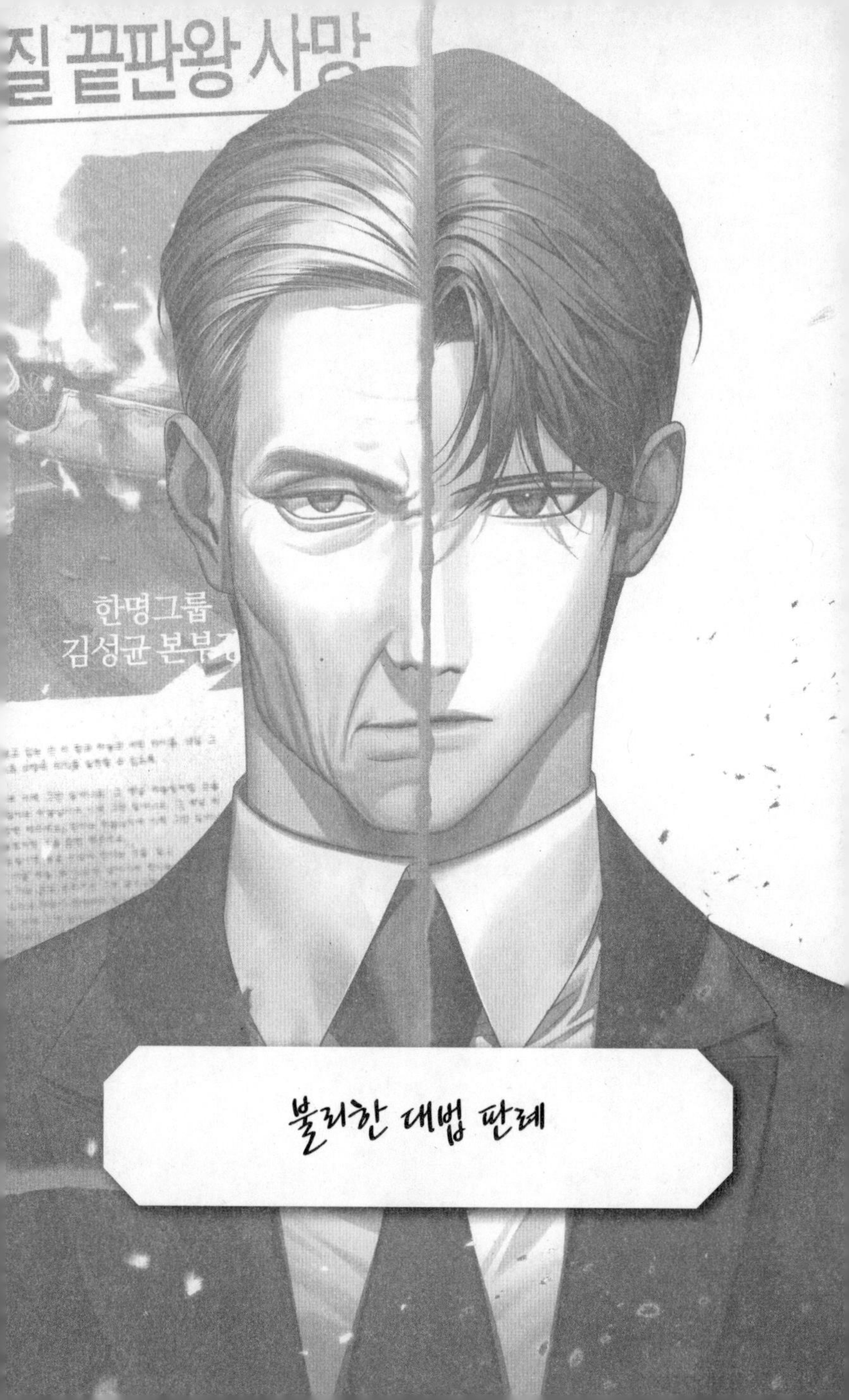
질 끝판왕 사망
한명그룹
김성균 본부
불리한 대법 판례

"유리……하다고요?"

절망적이던 눈빛들이 크게 흔들렸다.

"엄밀히 말해 '할 수도' 있다는 겁니다. 이미 한번 이 문제로 대법원까지 갔었는데, 약관 개정을 안 했잖아요. 저희 공정위는 그걸 지적할 겁니다."

"그럼 저희한테도 여지가 있습니까?"

"조금은요. 그리고 암은 발병 부위마다 다르니, 이번 사안은 대법 판례에 해당하지 않을 겁니다."

작은 가능성을 열어 줬을 뿐인데 그들의 얼굴엔 곧 생기가 돋았다.

"그 전에 먼저. 여러분들 사정에 대해 듣고 싶습니다. 보험

계약 당시 했던 말, 보장받았던 내용, 가입 통화. 전부 다 말씀해 주세요."

세 명의 환자가 서로 눈빛을 교환하기 시작했고 가장 어려 보이는 여성이 먼저 운을 뗐다.

"암보험에 가입했던 건 10년 전이에요."

"혹시 미성년자 때……?"

"네. 엄마가 가입시켜 줬는데 절차적으로 문제없이 가입했어요. 가족력이 심했거든요. 외할아버지, 삼촌, 이모 모두 위암으로 돌아가셨어요. 그게 고등학생 땐데……."

그녀는 말을 하다 잠시 목이 잠겼다.

꽃다운 나이에 위암 3기 진단을 받은 기분.

그 괴로움은 가히 상상조차 가지 않는다.

"처음 수술했을 땐 견딜 만했어요. 근데 2차 수술부터 합병증이 왔어요. 그때부터 입원 날이 많아졌고, 슬슬 눈치를 받았어요."

"눈치라는 게 혹시 트집을 잡았다는 겁니까?"

"네. 위를 절제하고 나니까 만성 소화 장애, 역류성 식도염에 시달렸어요. 나중엔 음식 먹고 체하기만 해도 응급실에 갔어요. 근데 보험사에선 계속 암에 대한 직접 치료로 볼 수 없다, 합병증은 지원 대상이 아니다. 이렇게 꼬투리를 잡더군요."

준철은 숙연한 얼굴로 펜을 들었다.

"보험사가 본격적으로 거절한 건 언제입니까?"

"요양 시설에 입원하겠다 할 때요. 저희 엄마는 분명 '의료법상' 지원하는 모든 치료를 보장해 주겠다 들었거든요. 그건 통화 녹취도 있어요."

"네."

"근데 갑자기 돌변하더니, 요양은 지원 못 한다고 하기 시작했어요. 필수치료가 아니라고."

그녀는 2년 동안 모아 왔던 영수증을 꺼냈고, 참아 왔던 눈물을 흘렸다.

"근데 어떻게 요양치료가 필수가 아니에요. 걷지도 못할 만큼 일상생활을 할 수 없는데."

"……."

"저도 어떻게든 입원치료로 끝내려 했어요. 근데 가족들은 사회생활 안 하나요? 곧 죽을 사람 하나만 바라보나요?"

"성희 씨 일단 좀 진정을."

"이미 제 치료비로만 쓰인 돈이 수천이에요. 요양 시설에 못 들어가면 가족들 다 나만 보고 병 수발해야 돼요. 제발…… 제 마지막 존엄성이라도 지킬 수 있게 해 주세요."

그녀가 감정을 주체 못 하고 통곡할 때, 옆에 있던 남성이 말했다.

"선생님. 이건 암 환자 두 번 죽이는 겁니다."

"……."

"저도 성희 씨랑 비슷한 나이에 걸렸는데, 다행히 초기였어요. 근데 계속해서 재발하더군요. 그때부터 별 트집을 다 잡아 대더니 나중엔 요양치료 안 된다는 겁니다. 대체 그럼 언제까지 입원하라는 겁니까?"

"선생님, 저는 요양 입원하겠다니까 사치 부리지 말란 얘기 들었습니다! 근데 이게 사치라뇨?! 가족들 생각해서 저희도 요양병원 들어가는 겁니다. 병 수발드는 가족들 보고 있으면 그냥 차라리 뛰어내리고 싶습니다!"

집에 암 환자가 생기면 가족들도 전부 투병 생활에 돌입해야 한다.

요양 입원은 그 미안함을 줄일 수 있는 어쩔 수 없는 선택.

준철은 펜을 놓고 그들과 눈을 맞췄다. 지금 이들에게 필요한 건 법과 원칙이 아니라, 자신의 이야기를 들어 줄 사람이리라.

그렇게 긴 이야기가 끝났을 때 준철이 조심히 입을 열었다.

"먼저 죄송합니다. 아픈 얘기를 두 번 꺼내게 해 드려서."

"별말씀을요. 저희야말로 죄송합니다. 바쁘실 텐데."

"이제 저희도 사정 파악했으니, 이 내용 토대로 YK생명에 해명을 요구하겠습니다."

그리 말하며 준철이 시선을 뒤에 있던 무리들에게 돌렸다.

"유가족분들이시죠?"

"네."

공정거래
위원회

"선생님. 이젠 제가 저분들과 얘기를 나눠야 하는데 잠시 자리 좀……."

그리 말하자 세 명의 환자가 자리를 비켜 줬고, 유가족들이 앉았다.

금감원에서 지급권고를 받았지만 YK생명이 시간을 끌어 합의를 했던 유가족들이다. 그 분노는 방금 전 사람들과 비교도 할 수 없을 것이다.

한층 더 긴장한 얼굴로 펜을 들 때 한 노인이 먼저 말을 꺼냈다.

"저희는 길게 말할 필요 없을 것 같습니다. 방금 전 환우분들과 사정이 다 비슷해요."

"맞아요. 바쁘실 텐데 두 번 들을 필요 없습니다."

노인은 무표정한 얼굴로 준철을 봤다.

"단도직입적으로 말해 저희는, 더 이상, YK생명과 그 어떠한 합의도 없다는 걸 말씀드리고 싶습니다."

"합의가 없다는 게 어떤 뜻인지……."

"YK는 금감원의 권고를 어겼고, 그에 합당한 징계를 받아야 한다는 것입니다."

못 받았던 치료비를 원하는 게 아니다.

징계를 원하는 것이다.

"솔직히 전 이제 돈이라면 지긋지긋합니다. 2년 전에 떠난 집사람 생각하면 아직도 마음이 찢어집니다."

"······"

"그 사람은 입버릇처럼 나랑 자식들한테 미안하다 했어요. 병원비 때문에 미안하다, 병 수발들게 해서 미안하다. 그 말을 임종 직전까지 들었습니다."

"······"

"장례 치를 땐 문득 그런 생각이 들더군요. YK가 금감원 권고 들어줬다면. 지급하라는 요양비만 지급해 줬더라면······ 그러면 집사람도 마음은 덜 아프지 않았을까?"

시종일관 냉랭하던 노인 목소리가 흔들렸다.

"근데 이제 와 그런들 무슨 소용이겠습니까? 그때 못 받은 2천만 원 필요 없습니다. 그 돈 10원 한 장 받을 생각 없으니 강력히 처벌해 주십쇼!"

"저도 마찬가지입니다. 금감원 권고 이행 안 한 거 반드시 행정 책임 물어 주세요!"

"저 파렴치한 놈들 반드시 처벌해 주세요!"

얼마나 억울했으면 가족을 떠나보내고도 화가 식지 않았을까.

돈도 필요 없다는 이들의 말이 섬뜩하게 들렸다.

❡

공정위로 복귀한 준철은 모든 내용을 최 과장에게 보고했다.

철혈 같은 최 과장도 피해자들의 증언을 들을 땐 평정심을 유지하기 힘들었다.

"그래서 금감원 권고 어긴 거 모두 확인한 건가?"

"예. 유가족 다섯 명 모두 YK로부터 은근한 협박을 받았다 합니다."

"정말 바라는 게 처벌 하나야?"

"예. 현재 투병 중인 환자들은 몰라도, 이 사람들 의지는 확고했습니다. 오로지 처벌만 원하고 있었습니다."

합의를 하라고 금감원이 권고를 내렸는데, 유경생명이 그걸 걷어찼다.

하지만 여기엔 허점도 있었다. 아무리 시간이 급했다 한들 형식적으로 양자가 합의한 사건이란 점이다.

"억울한 심정은 알겠지만 이건 우리도 냉정해야 돼. 법 앞에서 시간이 급했다, 어쩔 수 없었다 같은 논리는 통하지 않아. 결국 합의를 한 건 당사자들이잖아?"

"예. 현실적으로 소급 적용시켜서 그때 못 받은 돈 다시 돌려주는 게 최선의 해결책 같습니다."

돈 얘기가 다시 나오자 최 과장이 넌지시 물었다.

"그 돈은 계산해 봤나. 소급적용분?"

"대략 50억대였습니다."

"겨우?"

"기존 가입자 대부분은 요양치료 안 받았더군요. 받은 사람 중에서도 보험사에 청구한 신청이 몇 안 됩니다. 대부분 이의 제기하지 않았습니다."

법은 잠자는 권리를 보호하지 않는다.

소급적용 판정이 나도, 따로 청구하지 않는 한 이 돈을 받아 갈 순 없다.

"금감원에선 징계 어느 정도 생각하고 있어?"

"기관경고로 마무리 지을 생각 같습니다."

기관경고.

중징계에 해당하며 유경생명은 1년간 신사업을 벌일 수 없다.

정확히 말해 금감원에서 YK의 신사업에 모두 인·허가를 내주지 않는 것인데, 이 돈은 어림잡아도 수십억대다.

뿐이랴.

징계 기간 동안 YK는 상품 판매에도 상당한 제약을 받는다.

이걸 아는 놈들이 절대 순순히 징계를 당하지 않을 것이다.

"유권해석이 끝이 아니구먼."

"네. 금감원이 징계 내리면 반드시 행정소송을 걸어올 겁니다."

"이 팀장은 이거 어떻게 했음 좋겠어?"

공정거래
위원회

"먼저 권고부터 하는 게 어떨까 싶습니다."

"권고가 안 먹혀서 이 지경까지 왔는데?"

"금감원이 아닌 저희 공정위에서요. 물론 기존 안과도 달라야 할 겁니다. 과거에 권고했는데 부분 지급했던 거, 그리고 지금 사안. 모두 100% 지원하라고 권고하는 겁니다."

최 과장은 피식 웃었다.

젊은 놈이 말장난 잘한다. 과거 얘기 꺼내는 것부터가 권고가 아닌 도발인데.

이놈의 의도가 뭔지 금방 눈에 보였다.

"유권해석 피하고 싶은 거지? 보험 업계 전체가 달려들까 봐?"

"……솔직히 우려됩니다. 유권해석은 타 보험사 약관에도 구속력을 지녀서."

"이 팀장. 나이답지 않게 신중한 건 고마운데, 그냥 정석대로 해. 이놈들은 지금 청와대에서 지급권고해도 안 따를 놈들이야. 공정위가 말한다고 다를까?"

"……."

"업계 전체가 달려들면 더 좋네. 공론화시켜서 국민 의견 들어 봐. 누구 편 드나 보자."

최 과장의 결단은 정말 의외였다.

사건을 축소하고 싶은 게 공무원들 특성인데 공론화도 마다하지 않겠다니?

아무래도 강한 모습을 보여 줘야 할 때라고 생각하는 모양이다.

"왜 대답이 없어. 일당백으로 싸우는 거 이 팀장이 잘하는 거 아니야?"

"아, 예. 그렇습니다."

최 과장은 준철의 반응을 즐기듯 웃었다.

"YK생명엔 언제 다녀올 거야?"

"전후사정 다 들었으니, 이제 확인할까 합니다. 저희는 빠르면 빠를수록 좋습니다."

"그럼 이번 주 안으로 해결할까?"

"네."

"좋아. 매뉴얼 정리해서 줄 테니까 거기 써 있는 자료는 다 빼 와."

준철은 꾸벅 인사를 하고 뒤로 돌았다.

솔직히 기분이 이상했다. 과거 자신의 친정이었던 곳을 쳐야 하다니.

환자들을 상대했던 것보다 죄책감이 더 클 것 같았다. 유경생명에서 지껄일 말이 과거 내가 한 말일 테니까.

준철이 축 늘어진 어깨로 나가자 최 과장이 호통을 쳤다.

"야, 세상 짐 다 짊어졌냐?"

"예?"

"아픈 사람들 만나는 게 쉽진 않지만 뭐 그렇다고 침울해

공정거래
위원회

하고 있어?"

"아, 아닙니다."

"사람이 돈에 눈멀면 더한 짓거리도 할 수 있어. 네가 할 일은 평정심 갖고 끝까지 이 문제 해결하는 거야. 마음 단단히 먹어."

"……네, 알겠습니다."

위로차 한 말이겠지만, 준철에겐 확인 사살이었다.

사람이 돈에 눈멀면 더한 짓거리도 할 수 있다.

그게 전생의 김성균이었다.

준철은 곧 유경생명에 압수수색을 알렸다.

이 방문엔 공무집행 차 두 대와 버스까지 동원되었다.

"팀장님. 어차피 컴퓨터만 빼 오면 되는 건데 이렇게 요란하게 가도 될까요."

"어쩌겠어요. 이렇게라도 위압감을 줘야지. 과장님이 주신 자료는요?"

"박 조사관이 분류 다 해 놨습니다. 근데 하나같이 다 예민한 자료들이라 순순히 내줄진 모르겠습니다."

"고의적으로 자료 누락시키면 바로 형사사건으로 전환시킬 겁니다."

서초 사옥에 도착해 반원들을 집결시키자 의외의 목소리가 들렸다.

"선배, 아니 이 팀장님-!"

박다영이 평소답지 않게 헝클어진 머리로 멀리서 인사를 해 온 것이다.

머리뿐 아니라 옷은 뜯어져 있었는데, 행색이 꼭 어디서 패싸움이라도 한 것처럼 보였다.

"다영…… 아니 박 팀장님?"

"일찍 오셨네요? 호호."

"왜 여기 계세요?"

"저희는 오늘 오전에 조사했거든요."

참 재수도 없는 기업이다. 같은 날에 공정위, 금감원 동시 조사라니.

"여긴 금감원 박다영 팀장님이라 합니다. 저희 협력 부처."

"처음 뵙네요! 도와주셔서 감사해요."

"아, 예. 예. 안녕하세요."

반원들 모두 얼굴이 붉어졌다.

초라한 행색으로도 그녀의 미모는 감춰지지 않았다.

그녀는 방긋방긋 웃으며 반원들에게 서류를 건넸다.

"아마 압수 서류는 저희랑 중복될 거예요. 이 목록은 저희가 오늘 가지고 왔으니, 다 안 가져오셔도 돼요."

서류를 본 반원들은 놀란 얼굴을 감추지 못했다.

"암보험 분쟁 자료 다 압수하셨어요?"

"비급여 항암치료 분쟁…… 이건 대외비라 절대 순순히 안 내줬을 텐데."

"순순히는요. 깨고 부수고 멱살까지 잡아 가며 겨우 받아 냈어요."

수고를 덜었다는 기쁨도 잠시.

가녀린 얼굴로 이런 말을 대수롭지 않게 하는 그녀가 조금 무서워지기 시작했다.

헝클어진 머리와 뜯어진 옷은 분명 전장에서 얻은 영광의 상처일 것이다.

"아무튼 저희랑 1차전 했으니, 2차전은 좀 수월하실 겁니다."

"그럼 이 자료는 나중에 금감원에서 넘겨받는 걸로 하고. 저희는 대면조사 위주로 가겠습니다. 유경생명 간부진 전부 모아 주세요."

준철은 반원들을 떠나보내고 그녀에게 조심히 말했다.

"진짜 패싸움이라도 한 거야? 행색이……."

"네. 그냥 한판 붙었어요. 그쪽도 눈치챘겠죠. 여기서 밀리면 끝난다는 거."

아무리 그래도 금감원 직원을 이렇게 대해도 되나.

정말로 법이 무섭지 않은 놈들인가 보다.

"아주 막무가내예요. 책임 있는 사람 나오라니까 한 놈도 안 나오더군요."

"그럼 서류만 뺏어 온 거야?"

"네. 고작 부장급들이 나와 가지고 자료 인계했다니까요."

억울하고 분했다.

자료는 다 압수했지만 책임 있는 사람은 단 한 사람도 만나 볼 수 없었다.

"나머지는 부탁드려도 되죠?"

"금감원에서 힘 다 빼 놨는데, 우리가 그 정도는 해야지. 걱정 마. 책임자 안 나오면 그냥 저기서 드러누워 버릴게."

준철이 어깨를 치며 위로하자 그냥 엄지를 치켜세우며 조용히 외쳤다.

"고마워요. 선배, 화이팅!"

"공정위 이준철 팀장이라 합니다."

그녀의 설명대로 유경생명은 이미 풍비박산 난 상태였다.

컴퓨터 본체는 뿌리째 뽑혔고, 사무실 곳곳에는 이면지가 굴러다녔다. 직원 중엔 와이셔츠가 안 뜯어진 사람을 찾기 어려울 정도였다.

"뭡니까? 방금 다녀간 거 아닙니까?"

"거긴 금감원이고, 저흰 공정위입니다. 공문 받으셨을 텐데."

"올 거면 한꺼번에 오지 이게 뭔 경우요? 보다시피 그쪽에 내줄 거 다 내줬습니다. 더 이상 업무방해 말고 나가요."

부장 하나가 언성을 높였지만 준철은 물러서지 않았다.

"자료 압수하러 온 거 아닙니다. 책임자를 만나려고 왔는데, 지금 계시죠?"

"아니 이 꼴 안 보여요? 우리 이미 조사 받았다니까!"

"그중 제일 중요한 거 빼놓으셨잖아요, 면담. 최종 책임자 어디 있습니까?"

"몰라요! 지금 안 계십니다."

기 싸움만 계속될 때 김 반장이 능청스럽게 다가왔다.

"팀장님. 여기가 아니라 한 층 더 올라가야 할 것 같습니다. 임원 집무실은 위층이네요."

"그럼 위에 있겠군요."

"이 사람들이 진짜! 우리 조사 다 받았다고. 지금 이사님들 전부 해외 출장 중이야."

어떤 미친 보험사가 금감원이랑 패싸움을 했나 했더니, 역시나 예상을 뛰어넘는 놈들이다.

준철도 인내심이 끊어지고 말았다.

"뭐 이리 얼빠진 회사가 다 있지? 금융당국 두 곳이 공문을 보냈는데, 당일 날 자리도 안 지키고 해외 출장을 가?"

"조, 조사받으면 우린 일도 못 합니까? 중요한 바이어라 미팅 못 미뤘습니다."

"보험사에서 가입자보다 더 중요한 바이어가 있어요?"

"그야……."

"다 필요 없고 이 문제 최종 책임자 나오쇼. 사장이든, 회장이든 아무나 나와!"

"무슨 일이야."

그리 언쟁을 벌이고 있을 때 뒤쪽 집무실에서 여러 명의 중년 사내들이 등장했다.

한눈에 봐도 유경생명의 중책을 맡고 있는 임원들이었다.

"부, 부사장님."

"이 사람아. 당국에서 오셨으면 정중하게 모셔야지. 마음만 먹으면 유경생명 무너뜨릴 수도 있는 분들한테 그러면 쓰나."

상황 돌아가는 걸 다 듣고 있었던 모양이다.

그는 가시 돋친 말을 팍팍 내뱉으며 준철에게 악수를 건넸다.

"내가 보험심사과 최종 책임자입니다."

준철은 그가 악수하려고 내민 손에 서류를 쥐여 주었다.

"긴말 안 하겠습니다. 왜 요양치료 거부했습니까?"

"다 끝난 얘기를 왜 또 꺼내시는지. 요양치료는 필수치료가 아니다. 이게 대법원 판례입니다."

"제가 드린 서류 지금 읽어 보세요. 그 대법 판례는 여기에 적용되지 않습니다."

부사장은 휘둥그레 눈이 커져 서류를 봤다.

암은 발병 부위마다 치료법이 다르고, 위증도도 달라 전혀 다른 질병으로 분류해야 한다는 의학계 소견이 담겨 있었다.

"주장하신 그 대법 판례는, 생존율이 가장 높은 유방암이었더군요."

"……."

"레퍼런스 더 필요하면 말해 주세요. 서울대 의대 교수부터 건보공단까지 종류별로 다 있습니다."

부사장은 준철이 준 서류를 꽉 쥐더니 눈썹을 치켜떴다.

"아주 드럽고 치사한 짓거리를 하셨구만. 우리도 우리한테 유리하게 말해 주는 전문가 섭외할 수 있습니다. 요양이 아니라 입원치료로도 충분하다는 전문가!"

"그러니까 약관이 문제라는 겁니다."

"뭐요?"

"학계에서도 의견이 분분하잖아요. 분쟁의 여지가 있었으면 애초에 약관에 밝혔어야지요."

"요양치료가 과잉 치료란 생각은 안 해봤소?"

"보험사에서 지원해도 환자 부담이 30%입니다. 누군 돈이 남아돌아 요양병원에 가는 줄 알아요?"

병 수발 드는 가족들에 대한 미안함.

인간으로서 지키고 싶은 마지막 존엄.

그것이 요양병원에 입원하고 싶은 이유의 전부다.

"그리고 금감원에서 다섯 차례나 요양비 지급하라고 권고한 적 있었죠?"

"그건 당사자랑 저희가 합의한 겁니다."

"시간 얼마 남지 않은 사람들한테 재판 갈 거라고 협박한 게 합의?"

부사장의 말문이 막혔다.

금융당국의 권고를 어긴 건 무조건 재판에서 불리하다.

재판부가 내막에 대해 전부 알게 되면 불리한 판결을 내릴 때 근거로 쓸 것이다.

"그 부분에 대해서 저희가 미숙했던 점 인정합니다. 지금이라도 파악해서 그때 못 드린 돈 지급하겠습니다."

"늦었어요. 유가족들은 그깟 돈 필요 없으니, 강력하게 처벌해 달라 하더군요."

준철은 서류를 건넸다.

사실 지금은 양쪽 다 감정이 최악인 상황 아닌가. 그들도 납득하고 이들도 납득할 수 있는 절충안을 제시했다.

"이 얘기 오래 끌지 맙시다. 유가족들에겐 미지급분 지급하고, 현 환자들에겐 요양치료비 지원하세요. 그럼 저희도 손 뗄 겁니다."

"……암환자 입원치료까진 지원합니다. 하지만 요양치료는 과잉이에요."

벽에다 대고 얘기하는 것 같다.

"꼭 그렇게 끝을 봐야겠습니까?"

"우리의 원칙은 바꿀 수 없습니다."

"대체 이게 얼마나 한다고."

"당장의 돈보다 앞으로 환자들의 태도가 중요한 겁니다. 그렇게 인정해 버리면 입원으로도 충분한 병을 전부 요양으로 가요. 저희가 예상한 이 지출이 200억입니다."

급한 마음에 본심이 나와 버렸다.

판돈 200억.

이번 싸움에서 요양치료를 필수치료로 인정하면, 앞으로 YK암보험이 감당해야 할 돈이다.

"그 200억도 우리가 싸게 잡은 겁니다. 이거 인정하면 입원 치료로 충분히 끝낼 수 있는 환자도 다 요양병원 갈 겁니다. 그럼 그 돈 누가 댑니까?"

준철은 마음이 너무 아렸다.

지금 이 남자가 하는 말이 과거 자신이 입버릇처럼 지껄이던 말이다.

"결국 이 돈 모두 장기적으로 보험사가 낼 비용인데, 이러면……."

"이러면 그 피해가 가입자 전체에게 전가된다. 소수를 위해 전체를 희생하는 게 맞느냐?"

"……."

"결국 우리가 하는 일은 보험사의 이익이 아니라, 오로지 전체 가입자들을 위함이다."

"지금 뭐 하는 겁니까?"

"대충 이런 말 하실 거 같은데요."

부사장은 당혹스런 얼굴을 감추지 못했다. 새파랗게 어린 놈이 자기가 할 말을 다 지껄여 버렸다.

자꾸만 부처님 손바닥 안에서 노는 느낌이 드는 건 왜일까?

"나는 이럴 때마다 늘 보험사가 신기해요. 꽁돈 받아 갈 땐 언제고, 이제 와 그 피해를 가입자에게 전가시킵니까?"

"전가가 아니라 그게 사실 아니요! 우린 가입자에게 퍼 주기만 합니까?!"

"뭘 퍼 줘요. 이거 지원해도 남겨 먹는 돈이 더 많을 텐데."

젊은 새끼가 뭘 안다고! 라는 말이 목구멍까지 차올랐지만 내뱉을 순 없었다.

젊은 새끼 말이 구구절절 다 맞았다.

"200억의 재정이 더 필요하면, 회사 이익을 줄이든가 보험료를 인상하든가 하세요. 하지만 약관 가지고 말장난 치는 건 더 이상 좌시하지 않을 겁니다."

잠시간 침묵이 흘렀다.

지금 문제 되는 사람들한테 돈을 주는 건 큰 문제가 아니다.

하지만 요양치료를 필수치료로 하면 앞으로 보험사가 부담해야 될 돈이 늘어난다.

"……."

상황이 얼마나 불리한지는 알고 있었다.

공정거래
위원회

유경생명은 금감원의 권고도 무시했고, 대법까지 갔으면서도 약관에 따로 명시하지 않았다.

암은 발병 부위마다 치료법이 달라야 한다는 의학계의 소견까지 있었다.

"……못합니다. 우린 끝까지 싸울 겁니다."

하지만 200억은 너무나 큰돈이었다.

✿

"뭐? 금감원에 공정위까지 와?"

"예. 같은 날 두 번이나 쳤습니다."

"아니 공정위는 왜?"

"보험약관에 문제가 있는지 검토하겠다 하는데…… 유권해석을 준비하는 것 같습니다."

한 사장은 얼굴이 어두워졌다.

한날 한시에 금융사 두 곳이 들이닥치다니.

게다가 공정위가 대놓고 유권해석을 언급했다. 이건 중징계가 떨어질 징조다.

"그걸 그냥 당하고만 있었어? 우리한테 대법 판례 있잖아."

"얘기 꺼내 봤지만 소용없었습니다. 학계에서도 암은 발병부위마다 천차만별이라 말하고 있어서…… 솔직히 저희 쪽에 불리합니다."

부사장은 주저하다 말을 이었다.

"그리고 저희가 금감원의 권고를 다섯 차례나 무시했다는
게…….'

"그건 무시가 아니라 엄연히 합의 아니야."

"저희가 암환자들 상대로 시간 싸움했다는 걸 아는 모양이
더군요. 당시 합의를 했던 유가족들이 엄벌을 요구하고 있습
니다."

한석호의 사장 얼굴이 싸늘하게 굳어졌다.

그 엄벌받을 짓을 지시한 사람이 바로 자신이었기 때문이
다.

법원이 반인륜적인 내막을 알고도 '합의'라는 걸 믿어 줄
바보는 아니다.

"김재민 전 국장. 연락되지?"

"……예?"

"지금 공정위 유권해석만 막으면 숨통 좀 틀 수 있다는 거
아니야?"

"사장님. 김 국장 은퇴한 지 이미 10년이나 지났습니다. 아
무리 김 국장이 보험약관 쓸 때 자문을 해 줬다 해도……."

"지금 우리가 찬밥 더운밥 가릴 때야?"

한 사장의 눈빛이 이글거렸다.

사면초가를 타개할 유일한 방법은 전관 카드밖에 없다.

**공정거래
위원회**

"김 국장뿐이 아니야. 우리한테 자문료 받아 간 놈들은 다 동원해! 취업제한 풀린 공정위 고위직들 있으면 지금이라도 섭외하고."

정면 돌파가 무리면 외압으로 판을 흔들어야 한다.

한 사장의 확고한 뜻을 이해한 부사장은 고개를 숙였다.

"알겠습니다. 닿는 연줄은 다 동원해 보겠습니다."

٭

"아이고- 우리 한 사장은 아직도 사장이야? 그룹에서 안 불러?"

"유경그룹에서 생명은 은퇴직 아닙니까. 전 사장직 달았으면 만족합니다."

"아서. 경영은 자네처럼 피도 눈물도 없이 달려들어야 성과가 나는 거야. 내가 이 회장이었으면 애진즉 전략실로 불렀을 텐데."

10년 전 은퇴한 김재민 전(前) 국장은 과한 덕담과 달리 이 자리가 불편하기만 했다.

기업에서 갑자기 연락을 해 오는 건 좋은 신호가 아니다.

특히나 자신처럼 끗발 다 떨어진 전관을 찾을 정도면, 이미 내부에서 수습하긴 글렀다는 뜻이다.

"저야 뭐 이 자리 1-2년 더 하다 후임한테 넘겨야지요. 국장님은 그간 안녕하셨습니까."

"봄에는 벚꽃놀이 다니고, 가을엔 단풍놀이 다녀. 늙으니까 욕심도 없어지는구만."

"아무렴요. 젊었을 때 열심히 사셨으니 복 받으시는 겁니다. 가끔은 그때가 그립습니다. 국장님께서 저희 부족한 부분도 참 많이 채워 주셨는데."

뼈가 담긴 말에 찻잔이 흔들렸다.

그의 말대로 김 국장은 열성적으로 산 사람이었다. 공정위에서 은퇴하고, 취업제한 3년이 풀리자마자 바로 유경생명 상임고문으로 재취업했으니.

그는 현 YK암보험의 아버지 격으로 보험약관을 만들어 준 사람이었고, 그 대가로 수십억의 자문료를 받아 갔다.

"국장님. 제가 좀 많이 급한데, 본론부터 말씀드려도 되겠습니까?"

"바라던 바일세."

"다름 아니라 현재 저희 유경이 분쟁에 시달리고 있습니다. 암보험이요."

"저번에 그건가?"

"예. 요양치료 건입니다."

"좋게 다 해결한 거 아니었어? 당사자랑 다 합의를 했다며."

"합의를 하긴 했는데, 금감원에서 재차 문제 제기를 해 왔습니다."

"이런 얘기 뭣하지만 그럼 다른 전관을 좀 알아봐. 나도 금
감원에는 힘 못 써."

"아닙니다. 이번에는 공정위가 가세해 저희 회사 털어 갔
습니다."

친정집 얘기가 나오자 김 국장 얼굴이 복잡해졌다.

"금감원에서 지원 요청을 한 모양이더군요. 유권해석을 검
토하고 있는 것 같습니다."

"……."

"만약 유권해석 떨어지면 금감원이 이를 명분으로 바로 징
계 심사 열 겁니다. 근데 아시다시피 이 약관 다 자문을 구해
서 정리한 건데 이제 와 이러면……."

불편한 얘기가 또 시작되자 그가 손을 들어 제지했다.

"그래서? 나한테 무마 좀 해 달라는 건가?"

"예. 공정위만 막으면 이 게임 끝납니다."

"한 사장. 전관예우 끗발도 길어야 5년이야. 내가 언제 은
퇴한 지는 알지?"

"염치 불고하고 부탁드립니다. 국장님이 안 되면 다른 후
배라도요. 도와주시면 그분 또한 저희가 섭섭지 않게 모시겠
습니다."

"그럼 자네들이 직접 알아보지 굳이 옛날 얘기 꺼내면서
내 뒷다리 잡는 이유가 뭐야?"

"시간이 많이 불리합니다. 저희가 금감원 권고를 몇 번 어긴 적이 있어서……."

탕-!

참다못한 김 국장이 찻잔을 거칠게 내려놨다.

"이래서 도와주기 싫다는 거야. 금감원 권고를 왜 어겨? 그거 다 부메랑으로 돌아온다 했잖아."

"저희도 어쩔 수 없었습니다. 요양치료를 필수치료로 인정해 버리면 앞으로 나갈 돈이 200억입니다."

"그래서 막았어? 아니, 막을 수는 있어?"

못 막는다.

오히려 언론에서 조리돌림까지 당할 거다.

호미로 막을 거 가래로 막게 생겼다.

"이건 어차피 못 막아. 상황이 이 지경이면 나도 손 못 대."

"공정위 유권해석만 막아 주십쇼. 나머진 저희가 알아서 하겠습니다."

김 국장이 길길이 날뛰어도 한 사장은 같은 말만 되풀이했다.

그만큼이나 절실하다. 공정위의 유권해석만 막으면 이번에도 금감원은 지급권고로 끝낼 것이다.

그럼 이번 사안만 요양치료비를 지급해 주면 된다.

하지만 만약 약관에 문제가 있단 해석이 떨어지면, 생돈 200억이 나가야 한다.

공정거래
위원회

"도와주시면 이번엔 금감원 권고 반드시 지키겠습니다. 공정위에 작은 언질만 주십쇼."

"친정집 가서 난리법석을 떨어야 할 것 같은데 그게 작나?"

"저희가 드린 자문료에 비하면 충분히 작지 않습니까?"

"한 사장! 너 이 자식 자꾸!"

"그니까 계속 돈 얘기 꺼내게 하지 마십쇼. 우리도 사정 많이 급합니다."

한 사장이 협박조로 말하자 김 국장도 더 이상은 날뛸 수 없었다.

그때 유경생명에서 받은 자문료로 지금 노후를 보내는 중이었다.

보험약관을 어떻게 써야 잘 피해 갈 수 있는지를 알려 준 것도 김 국장 본인이었다.

"대신 조건이 있어."

"말씀하십쇼."

"만약 내가 유권해석 막아 주면, 기존에 자네들이 지급 거절했던 거 이제라도 지급해."

"국장님 그건 이미 다 끝난 문제라서 저희도 상의를⋯⋯."

"아니! 푼돈 아끼지 말고 줄 돈 주란 말이야. 그 문제들이 쭉 누적되어 오다 오늘 이 사달이 터진 거야."

"⋯⋯."

"내가 해 줄 수 있는 일은 당장에 급한 불 끄는 거지, 이 문제에 대한 근본적인 대책이 아니야. 과거 문제 모두 정리하고, 금감원 권고에 무조건 승복하겠다 말해."

두 사람 사이엔 긴 침묵이 흘렀고, 이내 한 사장이 입을 열었다.

"알겠습니다. 이번 일만 좀 잘 부탁드립니다."

말은 그리했지만 생각은 달랐다.

이번만 잘 넘어가면 다음에도 또 넘어갈 수 있다.

"김 국장님. 갑자기 어인 일로……."

"어인 일은 무슨. 그냥 여의도 지나다가 옛 생각 나서 왔지. 잘 있었나?"

최 과장은 예고도 없이 방문한 김재민 국장이 불편하기만 했다.

은퇴한 상관이 갑자기 찾아올 땐, 대부분 업무 관련 청탁을 해 올 때이기 때문이다.

"일단 앉으시죠."

"많이 바쁜가? 오랜만에 사무실 오니까 답답하기도 한데, 나가서 저녁이나 하지?"

"죄송합니다. 요즘 저희가 민감한 건을 맡고 있는지라……

보는 눈도 많고요."

"그렇구먼."

"어인 일이신지요."

"숨넘어가겠다. 그냥 이 나이되면 여기저기 돌아다니면서 추억팔이나 하고 그래, 이 사람아."

계속해서 대수롭지 않게 말했지만, 그럴수록 경계심만 더욱 커졌다.

"그러고 보니 자넨 벌써 과장 됐구먼? 나 때는 팀장이었던 것 같은데."

"예. 4년 차입니다. 국장님 계셨을 때가 제가 팀장 막 진급했을 때고요."

"기억나는군. 그땐 자네 막 진급해서 업무도 헤맸는데."

"덕분에 많이 배웠습니다."

"지금 생각하면 그때 내가 최 팀장한테 참 신경 많이 못 써줬어. 큰 사건 밀어주고 끌어 줬으면 비고시라도 충분히 국장까지 달았을 재목인데."

최 과장은 기가 찼지만 웃지는 않았다.

현역으로 있을 때 고시 출신, 동문을 가장 팍팍 밀어줬던 게 김재민이었다. 그런 양반이 10년 지나 갑자기 고해성사를 한다?

예상대로 추억팔이는 오래 지나지 않았고 곧 그가 말을 꺼냈다.

"다름 아니라 최 과장. 최근에 맡고 있는 건 하나 있지?"

"어떤 사건 말씀인지."

"YK암보험, 유경생명 말이야."

"그건 어떻게 아셨습니까?"

"건너건너 들었어. 사안이 많이 복잡한데, 선배들 의견이 필요하단 얘기가 돌더군."

어디까지 하나 싶어 잠자코 있자 혼자서 10분을 떠들었다.

"국장님. 그렇게 뜸들이지 않아도 됩니다."

"그럼 기왕지사 다 아는 거 나도 편하게 말하지. 공정위에서 이번 사건 유보시키는 게 어때?"

"유권해석 말씀이십니까?"

"그래. 유권해석은 너무 위험한 칼이야. 약관 애매하다고 판단내리면 전 보험사가 다 달려들어."

"아무리 그래도 잘못된 게 있으면 바꿔야지요."

"그러니 누가 잘못된 주장을 하고 있나 객관적으로 판단하란 말일세. 요양치료비는 대법원 판례에도 있어. 보험사들이 지금 거절하는 거 다 판례에 근거해서 하는 일이야. 그걸 대체 우리더러 어쩌란 건지 참."

딱 봐도 유경생명 대변인인데 '우리'는 무슨.

얼마 받고 이 짓 합니까, 부끄럽지도 않습니까라는 말이 턱밑까지 차오르는 최 과장이었다.

"이거 사실 나 재임할 때도 몇 번 올라왔던 문제야. 근데 어떻게 대법 판례를 어기겠나? 우리가 나설 순 없어."

"국장님. 판례가 헌법도 아니고 시대에 따라 바뀔 수도 있는 거 아닙니까."

"뭐?"

"조언 감사합니다만 현 상황에서 제가 무어라 답변드리긴 힘듭니다. 그래도 좋은 말씀 많이 참고하겠습니다."

더 심한 말로 자존심을 콱 짓밟아 주고 싶었지만 그쯤에서 그만뒀다.

과거 상관이었고 인간적으로도 얽힌 감정이 많다.

끗발 다 떨어진 영감을 보낼 정도면 유경생명이 얼마나 궁지에 몰렸는지도 알 수 있었다.

질 끝판왕 사망

한명그룹
김성균 본부장

전관예우

급한 부름에 과장실로 달려가니 탁자엔 아직 치우지 않은 커피 잔이 놓여 있었다.

최 과장의 얼굴도 좋아 보이지 않았다.

누가 깽판이라도 치고 간 젤까?

"부르셨습니까, 과장님."

"현재 조사 어디까지 됐지?"

"금감원에서 유경생명 자료 다 넘어 왔습니다. 보험 약관 때문에 생긴 분쟁이 생각보다 더 많더군요. 500여 건의 부당 지급이 추가 발견되었습니다."

"500건? 그게 다 요양치료 분쟁이야?"

"아닙니다. 비급여 항암치료부터 관련 분쟁이 많았습니

다."

최 과장은 숨소리도 내지 않고 자료를 훑었다.

요양치료비는 빙산의 일각이다.

지금까지 YK가 부당하게 보험료를 지급하지 않은 사례는 500여 건을 넘었다.

"이거 다 문제 삼을 거냐?"

"아닙니다. 다 문제 삼을 수도 있다는 것만 보여 줄 겁니다."

최 과장은 피식 웃었다.

약점 잡아 놓고 협상 카드로 쓰겠다는 것이다.

"오늘 아주 귀한 손님이 다녀갔다."

"……혹시 유경그룹 인사입니까?"

"아니, 우리 식구야."

"예?"

"김재민 국장이라고 10년 전에 은퇴한 양반이야. 근데 오늘은 유경생명 대변인으로 오셨더구먼."

"무슨 말씀을……."

"별 얘기 다 했어. 이 사건이 왜 안 되는지, 법대로 가면 우리한테 어떤 게 불리한지…… 자기 경험 살려서 노련한 얘기 많이 해 주더구먼. 물론 우리한테 불리한 내용만 골라서."

준철은 표정관리가 안 됐다.

보험업계가 어떻게 돌아가는지 누구보다 잘 안다.

보험약관은 보통 금감원, 공정위 등에서 은퇴한 고위직들을 모아 놓고 자문을 받는다.

그들의 역할은 약관을 어떻게 써 놔야 합법적으로 빠져나갈 수 있는지 알려 주는 일이며, 대부분 다 현직에 있을 때 당해 봤던 경험을 토대로 하는지라 정교하다.

"그만큼 예민하다는 거지. 이젠 피차 다 알잖아? 우리가 유권해석 내리면 금감원이 바로 중징계 때린다는 거."

"네. 저희만 막으면 이번에도 금감원은 지급권고로 끝낼 겁니다."

다행스러운 건 최 과장 얼굴이 전혀 개의치 않아 보인다는 거다.

"어떻게 했음 좋겠어, 이 팀장은?"

"……."

"허심탄회하게 말해. 물불 안 가리고 덤비는 놈이 이제 와 무슨."

"유권해석이 필요하다 판단 내렸습니다. 의료법상 요양병원도 의료 시설인데 그들이 거부할 이유가 없습니다."

최 과장은 대답 없이 준철의 말만 들었다.

"그리고 금감원에서 권고를 내렸을 땐 분명 종합적인 사정을 다 고려했을 겁니다. 근데 이걸 어기고 피해자들과 치료비 협상한 건, 사실상 권고를 무시했다는 겁니다."

"좋아. 그럼 유권해석 내리자."

준철은 눈이 휘둥그래졌다.

기대하던 일이긴 한데, 이걸 이 자리에서 바로?

"과장님. 정말이십니까?"

"그래. 보면 볼수록 가관이야. 금감원 권고도 무시하고, 이젠 우리한테 전관까지 보내고. 물론 나 혼자 단독으로 결정할 순 없고, 국장님께 보고드릴 거야. 근데 걱정하지 마라. 변수가 없는 한 꼭 받아 낸다."

최 과장의 단호한 목소리는 준철의 보고를 듣기 전부터 판단이 섰음을 의미했다.

사실 김재민 국장의 방문이 최 과장의 결단에 불을 지폈다.

시간 끌어서 좋을 게 없다는 확신이 든다.

소비자정책국 이지성 국장.

공정위에서 '약관 통'으로 꼽히는 사람으로 그 또한 보험사 약관을 종류별로 외는 인물이었다.

그는 최 과장을 통해 모든 사실을 보고 받았지만 좀처럼 표정 변화가 없었다.

신중해야 한다.

보험사의 파렴치한 만행과 별개로, 공정위의 유권해석은

업계에 엄청난 파장을 가져올 것이다.

최대한 이성적으로, 중립적으로 판단하려는 그였지만 평정심이 한 번에 무너지는 대목도 있었다.

"그래서 김재민 국장님까지 다녀갔다 이거야?"

"예. 옛날 생각나서 왔다는데 얘기가 계속 그쪽으로 흐르더군요."

"뭐라 그러던?"

"대법 판례까지 있는 사건인데 싸워서 뭣하겠냐. 금감원한테 넘기고 공정위는 손 떼라. 대강 이런 말이었습니다."

이지성 국장은 실소가 나왔다.

저 정도 발언이면 노골적으로 수사 손 떼라고 압박한 거다.

"그래서?"

"별다른 대꾸 안 했습니다. 언쟁 붙어 봤자 저희만 손해니."

"이거 참 내가 다 쪽팔리는구먼. 사람이 나이 먹으면 추해지나 봐. 빤히 안 되는 줄 알면서 왜 찾아왔을꼬."

명예롭게 은퇴했으면 국민들이 주는 연금에 감사하며 살지.

자기 이름에 먹칠하는 짓을 왜 했을까? 이 따위 부탁을 뿌리칠 수 없을 만큼 큰돈이라도 받았을까?

솔직히 말하면 괘씸했다.

같은 급인 자신에게 찾아오면 안 될 걸 아니, 일부러 과장급을 찾아온 것이다.

"좋게 생각하자. 은퇴하고 나서도 공정위가 많이 걱정된 모양이야. 유권해석 내리면 파장이 큰 건 사실이잖아."

"예."

"실무진 의견은 어때? 확실히 대법 판례가 있으면 불리한 것 같긴 한데."

"판례가 이번 사건에 적용되지 않는다는 게 실무진 결론입니다. 당시 판례는 사망률이 가장 낮은 유방암이었고, 현재는 신체 주요 장기입니다."

최 과장은 준철이 넘긴 종합보고서 한 대목을 가리켰다.

"그리고 '암에 대한 필수치료' 현재 이 조항 때문에 요양치료부터 비급여 항암치료까지 파생되는 분쟁이 500여 건을 넘습니다."

"근데 이 조항이 YK암보험에만 있는 건 아니잖아? 우리의 유권해석이 보험사 전체를 적으로 만들 수도 있어."

최 과장이 슬쩍 웃으며 말했다.

"언제는 저희가 보험사랑 편이었나요. 잘못된 게 있다면 지금이라도 바로잡아야죠."

"자네는 이미 결심이 선 모양이야?"

"긴가민가했는데, 김재민 전 국장 찾아왔을 때 확신하게 됐습니다. 이거 지금 뜯어고치지 않으면 두고두고 분쟁이 일어날 겁니다."

유경생명이 금감원의 권고만 들었더라면.

치졸하게 전임자 보내서 외압을 넣지 않았더라면.

적당히 넘어갔을지도 모른다.

하지만 유경생명은 그 두 가지 금기를 모두 어겼고 새로운 불안감도 주었다.

10년 전에 은퇴한 사람도 관짝에서 소환할 정도면 다음엔 더 막강한 놈을 보내지 않겠나?

"솔직히 이건 보험업계 전체가 덤벼도 질 수가 없습니다. 요양시설도 의료법상 엄연히 병원인데 이를 거절하다니요. 법대로 가도 유리합니다."

"그럼 이거 어떻게 개정시킬 건데?"

"일단 돈이 우선입니다. 요양병원비 청구한 사람들은 100% 지급해야죠."

"그다음은 약관개정?"

"네. 특약으로 빼서 요양치료 가입자를 따로 받든가, 아니면 보장범위를 넓히든가 선택해야 할 겁니다."

특약은 기존 가입자들에겐 해당 안 되는 얘기다.

어떤 경우에 이르든 보험사의 보장 범위가 넓어질 수밖에 없다.

"좋아. 그럼 유권해석 내려. 단 어디까지나 우리 역할은 유권해석까지야. 징계 논의는 금감원에서 정리한다."

최 과장의 긴장이 살짝 풀렸다.

드디어 유권해석을 얻어 냈다.

공정위의 빠른 행보에 금감원은 가랑이가 찢어질 것 같았다.

빨라도 내년이라 생각했던 유권해석이 이번 주에 도착할 줄이야! 기업 징계는 금감원장에게 보고, 제재위원 구성 등 수많은 산을 넘어야 하는데 아직 아무런 준비도 하지 않았다.

"부르셨습니까, 과장님."

박다영 팀장이 들어오자 이 과장이 바로 공문을 들이밀었다.

"어떻게 한 거냐?"

"어머, 유권해석 나온 겁니까?"

"아직 정식 발표는 아니야. 근데 공문 보낸 거 보니 곧 발표할 거다. 대체 어떻게 구워삶았기에 이런 속도가 나와?"

"과장님께서 잘 도와주신 덕분 아닌지……."

"누구 멕여?"

박다영이 대답 대신 생긋 웃자, 이 과장도 무의미한 질문을 멈췄다.

향후 대책을 논하기에도 빠듯한 시간이다.

"됐고. 이제 징계절차 준비해야지?"

"예."

"자네가 고발한 사건이니까, 검사국 대표로 자네 임명할 거야."

제재심의가 구성되면 일반 법정처럼 검사국과 진술인(기업)이 공방을 펼친다.

박다영에게 검사국 대표를 맡겼다는 건, 처벌 권한을 전적으로 위임하겠단 소리다.

"처벌 수위는 어느 정도로 생각해?"

"기관경고요."

"주의로 끝낼 생각은 없나?"

"신사업 1년 중단, 이 정도는 해야 유의미한 처벌이 될 겁니다. 타 보험사에 좋은 교훈도 될 거고요."

"반대로 말하면 그만큼 반발을 크게 산다는 거야."

"그래도 해야 합니다."

박다영은 생각을 굽히지 않았고, 이 과장도 딱히 그 소신을 꺾고 싶지 않았다.

공정위가 할 수 있는 최고의 지원사격, 유권해석을 얻어 오지 않았나?

"좋아, 처벌 수위는 검사국 고유권한이니까 자네한테 맡기지. 근데 한 가지만 알아 둬. 이 공문 우리한테만 온 게 아니라 유경생명한테도 갔다. 근데 아직까지 반응이 없거든?"

백기투항을 하고도 남을 시간인데 유경생명에선 아직까지 아무런 반응이 없다.

"이건 우리 징계에 무조건 불복하겠다는 거야. 재판까지 가겠지. 그 꼴 안 보려면 제재심의에서 기를 콱 죽여 놔야 돼."

금감원 징계의 유일한 약점은 바로 강제성이 없다는 것이다. 기업은 징계 결정에 불복할 수 있고, 그리되면 또 3심까지 지루한 싸움을 펼치게 될 것이다.

그 분란의 불씨를 잠재우느냐 마느냐는 이제 박다영에게 달렸다.

유경생명에 '법대로 가도 네들에게 유리할 게 없다.'는 걸 정확히 이해시켜야 한다.

"부담되면 그냥 나한테 맡기든가. 박 팀장 추진력과 집요함은 확실히 나 이상이야. 근데 가서 말싸움하는 건 짬밥과 업력에서 나온다."

"처음 수사한 게 저였으니, 마무리도 제가 하고 싶습니다."

그래, 어련하겠지.

과장인 자신이 적당히 끝내자 한 일을 이 지경까지 끌고 온 게 이놈이니까.

이 과장은 신입팀장이란 우려를 말끔히 지우곤 서류 하나를 내밀었다.

"이게 내가 생각해 둔 멤버야. 대법원 판례가 이 사건과 무관하다 말해줄 의학 전문가, 의료법상 요양시설도 병원이

다 말해 줄 법률 전문가. 제재심의 전까지 이 사람들 다 섭외해라."

"알겠습니다. 근데 과장님. 제재심의 정확한 날짜가……."

"공정위에서 유권해석 공식 발표하면 바로 열릴 거야. 그에 필요한 절차는 내가 다 할 테니 걱정 말고."

"아, 네. 감사합니다."

"가 봐. 제재심의 준비하려면 눈코 뜰 새 없이 바쁠 거다. 당분간 나보다 일찍 퇴근하면 바로 집합시킬 거니까 그런 줄 알아."

"여부가 있겠습니까. 감사합니다."

꾸벅 인사를 하고 나온 박다영은 숨을 몰아쉬었다.

자신감 있게 말했지만 떨리는 건 어쩔 수 없다.

신입 팀장으로 기업들 징계심사에 참석하는 건 처음 아닌가?

그것도 금감원을 대표하는 검사국을 맡게 되었다.

어떻게 하면 제재심의에서 이놈들을 찍소리 못 하게 만들 수 있을까, 박다영 머릿속엔 온통 그 생각뿐이었다.

❧

[공정위의 유권해석, 다음 단계를 위한 포석?]

[금감원, 유경생명 제재심의 발표]

　공정위가 유권해석을 공식 발표하자 금감원은 곧 제재심의를 예고했다.

　언론도 바보는 아니다. 톱니바퀴 맞물리듯 딱딱 떨어지는 절차가 무엇을 위함인지 정도는 안다.

　유경생명이 중징계당할 것이란 후속보도가 이어졌고, 과징금이 수백억대라는 추측성 보도까지 쏟아졌다.

　이런 분위기 속에 유경생명 주가 게시판은 피해고발 게시판으로 변했다.

　-한국인 사망률 1위, 암

　-사유: 암보험사에서 비급여 치료 다 거부해서.

　-2. 암 환자 간병하다 가족들도 암을 얻어서.

　-3. ○○ 한국에서 암은 사실상 전염병.

　-암을 치료하고 싶으면, 암보험부터 해약해라.

　-치료비 타려다 암이 더 악화해 버리는 구조다.

　-가입할 땐 전액보장이고, 돈 타 갈 땐 부분보장이냐? ― ―^

　-보험사들 비급여 치료 얘기만 나오면 말 돌리기 바쁘지?

　-차라리 건보료 올려서 암 치료 확대 보장하는 게 낫다. 암 치료 태반이 다 비급여항목인데, 치료받을 때마다 싸운다.

-사보험 못 믿겠다! 국영화 시켜라! 암보험사들 싹 다 굶어죽게 만들어!

"박 팀장. 뭐 해?"

"어머, 과장님."

박다영은 과장님 목소리에 화들짝 놀랐다.

이 과장은 슬쩍 모니터를 보더니 혀를 찼다.

"거기에 올라온 피해 사례 백날 봐 봐야 소용없어. 그거 뭐 어디 증거로 써먹을 거야?"

"……죄송합니다. 그래도 계속 눈길이 가서."

"징계심사 준비는?"

"학계 의견 다 구했고, 가입자들 녹취록까지 다 떴습니다."

3일 뒤 '기업들의 형장'이라 불리는 금감원 11층에서 재판이 열린다.

위원회 중 다섯은 관련 사건 판결을 많이 맡은 전직 법관들이다.

유경생명에 1차 판결이나 다름없음을 강조한 셈이다.

박다영이 거의 완벽에 가까울 만큼 증거를 다 보여 줬지만, 이 과장 얼굴은 복잡하기만 했다.

"이거 다 유경생명에 미리 보냈다는 거지?"

"예."

"근데 아직까지 연락 한 통이 없다?"

"……예."

흔히들 행정부는 공포탄만 가지고 있고, 사법부는 실탄을 가지고 있다 말한다.

금융당국의 제재가 강제성이 없다는 걸 꼬집는 건데, 아무리 그래도 보험사가 이렇게까지 안하무인으로 나온 사례는 없었다.

"그럼 뭐 자명해졌네? 이 자식들 무조건 재판까지 가는 거."

"네. 어떤 결과든 불복할 거 같습니다."

"그래서 자네가 여기까지 데려온 거야?"

"예?"

"금융위. 오늘 우리한테 공문 왔더라. 이번 사례 검토하고 과징금 부과하겠대."

공문을 본 박다영은 놀란 얼굴을 감추지 못했다.

"뭐야 이거. 박 팀장이 한 거 아니야? 너 옆집 가서 사람 데려오는 거 선수잖아."

"아, 아니…… 이게 무슨."

"몰랐으면 됐어. 부탁도 안 했는데 금융위가 도와주겠다면 더 좋지. 아무튼 제재심 준비 확실히 해. 이거 전달해 주러 왔다."

과장님이 떠나고 나서도 박다영은 어안이 벙벙했다.

갑자기 금융위원회가 공문을 보내서 유경생명에 과징금을

부과하겠다고 하지 않나.

'내가 안 했는데 대체 누구야……?'

공정위, 금감원, 금융위 삼위일체가 완성되었으니 좋아해야 할까? 주가 게시판을 봐도 가시지 않던 불안함이 조금은 날아갔다. 금융위에 가서 넙죽 절이라도 올리고 싶다.

그러다 문득 한 사람의 얼굴이 떠올랐다.

'혹시……?'

❧

"……팀장님 아무리 그래도 영 찝찝합니다. 우리가 금융위다녀온 거 과장님께 보고해야 하지 않을까요."

금융위의 제재 발표에 반원들은 좌불안석이 되었다.

과장님께 보고도 안 하고 혼자서 다녀온 것 아닌가.

"솔직히 이 사실을 알면 아주 경을 치실 겁니다."

"맞아요. 우린 유권해석까지만 돕고 징계엔 절대 관여 안하기로 했잖아요."

준철은 고개를 숙이며 말했다.

"기회 봐서 제가 따로 보고드리겠습니다. 그리고 모든 결과는 다 제가 책임지겠습니다."

"뭐 협조를 얻어 냈으니 책임이랄 것까진 없지만…… 아무튼 알겠습니다."

준철도 이런 행동을 하고 싶진 않았다.

하지만 징계엔 절대 관여하지 않겠다고 과장님이 못 박지 않았나. 금융위까지 설득하고 온 걸 알면 당연히 경을 치실 거다.

'근데…… 이래도 반응이 안 와?'

하지만 찝찝함은 가시지 않았다.

금융위, 공정위, 금감원. 금융저승사자 세 곳이 징계를 예고했는데 놈들이 아직도 꿈쩍하지 않는다.

YK암보험을 강력 조사해 달라는 국민청원이 사흘 만에 20만을 돌파해도.

주가 게시판에 가입자들 피해 사례가 속출해도.

유경생명에선 일절의 대꾸가 없었다.

'지금쯤이면 처벌 수위 가지고 계속 협상해야 되는데.'

아무래도 진짜 재판까지 가고 싶은 모양이다. 금감원에서 어떤 징계가 떨어져도 불복할 것 같았다.

고심에 잠긴 준철은 한동안 자리에서 일어날 수 없었다.

이 찝찝함을 해결할 방법은 역시나…… 그것밖에 없다.

⟳

"처음 뵙겠습니다, 김재민 전 국장님."

"누구?"

"공정거래위원회 이준철 팀장이라고 합니다."

"무례하기 짝이 없군. 내 번호를 어떻게 알고 연락했지? 최 과장이 보낸 건가?"

불명의 전화를 받고 약속 장소에 나온 김재민은 불쾌한 심정을 여과 없이 드러냈다.

민감한 시국이다. 그때 이후로 유경생명과 적당히 거리를 두고 있었는데 공정위에서 전화가 오니 반가울 리 없다.

"그건 아닙니다. 먼저 앉으시죠."

"대답부터 해. 내 전화번호 어떻게 알았어? 최 과장? 아님 이 국장이 보냈어?"

"그럼 김 국장님은 누가 보내서 오셨습니까?"

"뭐?"

"저희한테 연락 먼저 주신 건 국장님 아닙니까? 그 번호로 다시 연락드린 겁니다. 이 사건 실무진이 저거든요."

김재민은 어이가 없어 턱이 벌어졌다.

나이 50 먹은 사무관이 이렇게 따져 대면 차라리 이해라도 했을 것이다. 근데 딱 봐도 행시 출신에 경험도 없어 보이는 놈이 이딴 태도를 보인다.

분명 윗선에서 보낸 놈이리라.

"뭔 생각하는지 알 것 같은데 아니야. 네들이 잘못 짚었어."

"무슨 말씀인지."

"내가 유경생명 때문에 수사 무마를 청탁했다. 이렇게 생각하는 거 아닌가?"

강한 부정은 긍정이다.

묻지도 않은 말에 술술 대답해 주니, 오히려 얘기 꺼내기가 수월했다.

"그럼 저희한텐 왜 오신 겁니까?"

"그때도 말했지? 대법원 판례까지 나온 사건에 함부로 끼어들지 말라고."

"그게 전부입니까?"

"어차피 내 뒷조사 다 했을 텐데 왜 그리 꼬치꼬치 묻지? 그래, 나 은퇴하고 나서 YK암보험에 자문위원으로 참여했다. 근데 난 취업제한 어긴 적 없고, 재임 당시 유경생명 편의 봐준 적도 없어."

"……."

"재취업한 게 문제 되면 다른 국장들도 뒷조사해 봐. 퇴임하고 기업으로 취직 안 한 사람 어디 얼마나 있나?"

떳떳한 일은 아니지만 남들도 다 이만큼은 하고 산다.

김재민은 되레 목소리를 높여 반박할 수 없는 얘기들만 나열했다.

"그렇군요. 근데 직접 찾아오기까지 한 분은 김 국장님이 유일합니다."

"그래서."

"예?"

"그래서 내가 뭐 청탁을 했어, 수사 무마를 했어? 후배들 생각해서 조언 몇 마디 해 준 게 이렇게 찾아올 일이야?"

"언제까지 하실 거예요. 그 말장난?"

준철이 돌연 말투를 바꾸자 그가 다시 당황했다.

"뭐?"

"왜 찾아오셨냐고요. 후배들 위한다면서?"

"이, 이놈이……."

"그것도 비슷한 급인 국장님은 안 찾고, 한참 아래인 과장님 찾아오지 않았습니까? 정말 아무 목적도 없었어요?"

첫 인사로 미친놈인 줄은 알았지만 이렇게 무대포일 줄이야.

김재민은 윗선에서 보내지 않았다는 준철의 말이 이제야 믿겨졌다. 메신저로 이런 막나가는 놈을 보낼 리 없다.

"하고 싶은 말이 뭐야?"

"국장님의 모든 언사가 자꾸 저희들의 '합리적인 의심'을 자극해요."

"뭐?"

"자칫하면 재임 당시 모든 수사 기록이 다 뒤집어질 수도 있습니다."

"이놈이 어디 겁 대가리 없이! 너 지금 내 재임 시절 자료 다 뒤지겠다는 거야? 내가 국장으로 재임했을 때 보험사 편의 봐줬다?"

"당연히 그렇게 생각하지 않습니다. 근데 대청소 하다 보면 당연히 묵은 먼지 정도는 나오겠죠?"

국장은 수사국의 대통령이다.

실무진이 합당한 증거를 가져와도 국장이 덮으라면 덮는 거고, 까라면 까는 거다.

까고 덮은 사건 중엔 자신의 직관으로 덮은 일도 있고, 사안이 경미해 적당히 넘어간 일도 있었다.

하지만 이 작은 일도 '청탁'이란 딱지가 붙으면 범죄가 된다.

"고작 그건가. 전임자 먼지 찾기? 그럼 어디 한번 실컷 해봐. 원리원칙 엄격하게 적용하면 세상에 남아날 사람 없어."

"그래서 부탁드리는 겁니다. 국장님, 이제 그만해 주세요."

"뭐?"

"명예롭게 은퇴하셨는데, 왜 이력에 먹칠하십니까? 후배들 돕고 싶으시면 이젠 저희를 도와주십쇼."

비수를 들이밀 땐 언제고 갑자기 유한 목소리라니.

김 국장은 노기를 가라앉히고 되물었다.

"나한테 하고 싶은 말이 뭐지?"

"내일 금감원에서 제재심의 열 겁니다. 잘 아시겠지만 이미 공정위, 금감원, 금융위까지 이 징계에 동참하고 있고요."

"그럼 징계해. 내가 그걸 말린 적 없지 않나?"

"근데 아직까지도 유경생명 반응이 없다는 거죠. 국장님도 잘 아실 겁니다. 이게 무얼 의미하는 지."

불복하겠다는 거다.

징계 승복은커녕 어쩌면 제재심의 자체에 참석하지 않아 버릴 수도 있다. 법대로 가면 초호화 변호인단을 꾸릴 수도 있고, 자신들에게 유리한 시간도 끌 수 있으니 말이다.

"그렇다고 저희가 막무가내로 징계를 때리겠다는 건 아닙니다. 이게 저희가 금감원과 합의한 징계 수위입니다."

준철의 서류를 받아 든 김재민은 뒷장만 뚫어져라 봤다.

'기관경고'라는 글자는 빨간색으로 쓰여 있었고, 과징금 내역은 파란 글씨로 쓰여 있었다. 승복만 한다면 빨간 글씨로 끝내겠단 의미다.

"유경생명 설득해 주십쇼. 만약 이 징계에 승복하면 저희 처벌 수위도 기관경고에서 그칠 겁니다."

"그걸 왜 나한테……."

"반대 측인 저희가 무슨 말을 하든 저 고집 못 꺾습니다. 이건 주위 사람들이 설득해야 통하죠."

김재민도 이젠 자기가 유경생명 주위 사람이란 걸 부정하지 않았다.

"다시 한번 말씀드리면 저흰 이 사건의 빠른 종결이 목적입니다."

준철은 고개까지 숙이며 부탁임을 강조했다.

하지만 김재민 국장 귀엔 협박으로만 들렸다.

독기 어린 눈빛과 단단한 말투가 모든 걸 말해 준다. 이게 바로 자신이 명예롭게 은퇴할 수 있는, 마지막 기회라는 걸.

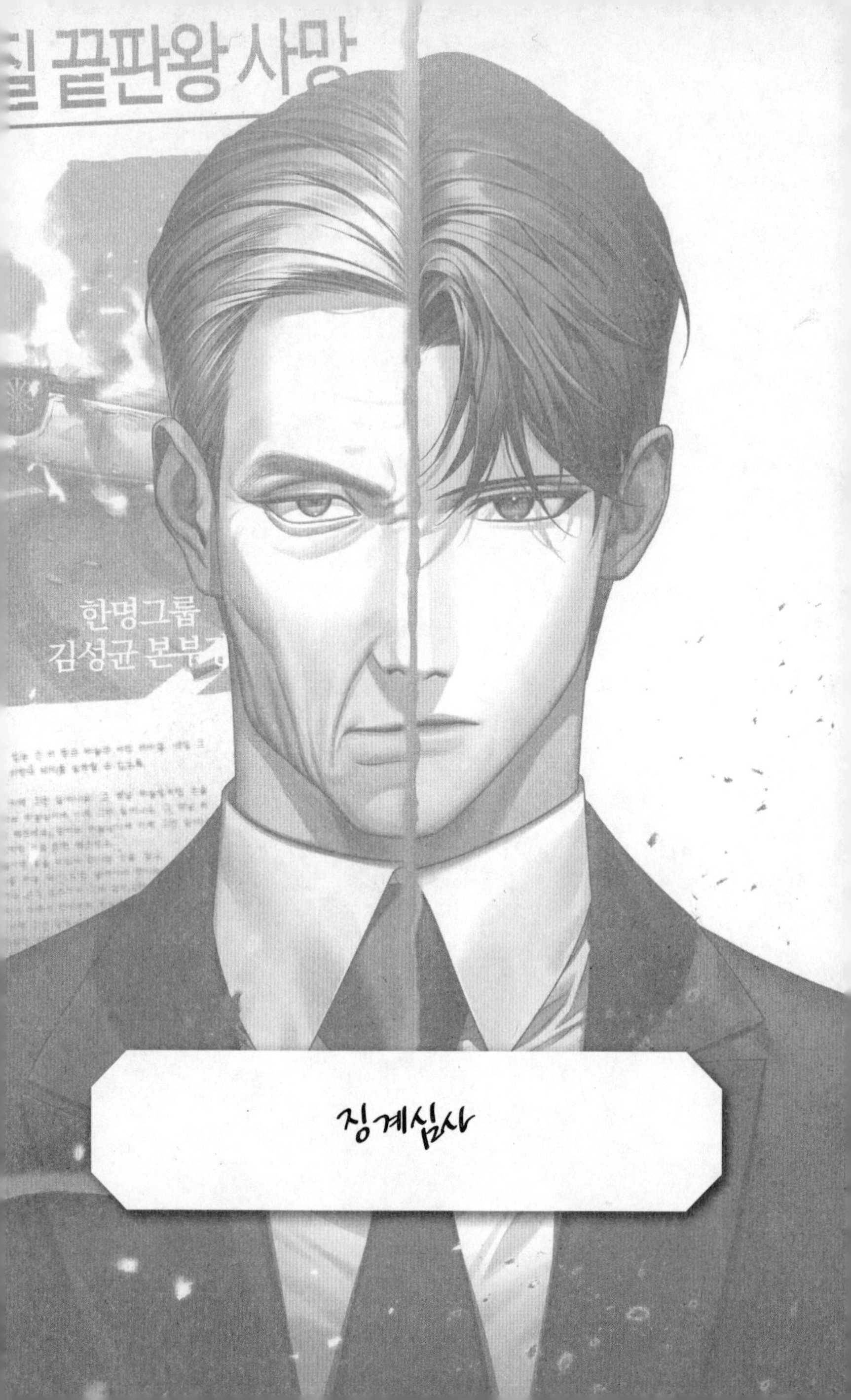
끝판왕 사망
한명그룹
김성균 본부
징계심사

"팀장님? 저기 이 팀장님?"

"음…… 응?"

"아이고— 또 사무실에서 주무신 겁니까? 오늘은 그래도 풀 컨디션 유지하고 계셔야 하는데."

다음 날 아침 출근한 김 반장은 의자에 축 늘어져 있는 준철을 깨워야 했다.

드디어 D-Day, 심판의 날이다.

업계 1위, 유경생명의 징계심사는 사실상 보험업계 전체에 대한 징계다. 전 언론사와 온 국민 관심이 한곳에 모여 있는데, 그 주역이 야근으로 날을 지새워 버렸다.

"잠깐 서류만 본다는 게 그만. 근데 왜 이렇게 일찍 나오셨어요?"

"저도 설쳤죠 뭐. 몸은 누워 있는데, 머리는 딴생각밖에 안 들더군요. 제 눈 많이 부었습니까?"

"그 정도는 아닙니다."

"다행이네요."

김 반장은 마른세수를 하며 서류를 내밀었다.

"금감원 제재심의는 1시입니다. 저희도 참고인 자격으로 참석해야 하는데, 직접 가실 거죠?"

"네. 과장님께서 제게 위임했습니다."

"근데 팀장님. 정말 아직까지도 반응이 없는 겁니까?"

김 반장이 불안한 어조로 묻자 준철이 조심스레 핸드폰을 봤다.

하지만 유경생명이나, 유경생명으로 의심되는 전화는 한 통화도 없었다.

김재민 전 국장을 만나 협박한 게 너무 늦었나?

준철의 굳은 얼굴을 보자 김 반장도 한숨이 나왔다.

"금융위까지 과징금 발표했는데, 대체 뭔 배짱인지."

"금감원 권고를 다섯 번이나 안 들은 놈들이잖아요. 바라는 게 욕심이었나 봅니다."

"법원 가도 금감원 징계 안 뒤집어진다는 거 모를까요?"

"시간만 끌면 변수를 만들어 낼 수 있다고 생각하겠죠."

분통이 터지는 건 놈들 전략이 먹힐 수도 있다는 거다.

거부할 수 없는 돈을 제시하고 피해자들과 합의를 해 버리면 징계의 큰 명분이 사라진다. 강력 처벌을 요구했던 유가족들이 과연 돈을 뿌리칠 수 있을까?

준철, 아니 김성균의 오랜 경험에 의하면 그런 사람은 없었다.

"너무 염려 마세요. 그 꼴 안 보려고 저희도 준비 많이 했잖아요. 오늘 분위기 봐서 아니다 싶으면 그쪽도 승복할 겁니다."

"네. 근데 팀장님. 까치머리하고 출석할 건 아니죠?"

"아……."

"일단 당직실 가서 샤워라도 하고 오세요. 제출 자료는 제가 정리하고 있겠습니다."

❧

기업들의 '단두대'로 통하는 금감원 11층 회의실.

이곳은 제재심의가 열릴 때만 개방되며, 징계가 논의되는 곳이라 단두대 회의실로 통했다.

평소 한산하던 곳이 1시가 다가오자 곧 북적거리기 시작했다.

12시부터 입장한 제재심위원 일곱 명은 점심도 거른 모습이었다. 오늘 이 징계결정으로 향후 보험사들의 약관이 대대적으로 수정될 수도 있다. 이런 부담감 때문인지 다들 긴장한 얼굴을 감추지 못했다.

1시간 일찍 도착한 준철은 주변을 살피다 박다영과 마주쳤다.

평소 밝은 모습은 온데간데없었고 그녀 또한 한껏 긴장한 얼굴이었다.

"일찍 왔네요, 선배."

"준비는 잘했어?"

"후우…… 할 수 있는 건 전부 다?"

"너무 긴장하지 마. 우리 증거 탄탄하잖아. 지원사격도 빵빵하고."

"흐흐. 금융위한테 지원 요청한 거 선배 작품이죠?"

"도움이 됐다면 좋았을 텐데. 솔직히 금융위 발표 나오면 YK한테 연락 올 줄 알았다."

"뭐 그만큼 할 말 없다 이거 아니겠어요? 호호. 걱정 마세요, 확실히 콱— 눌러 줄 테니까. 나 먼저 갈게요. 오늘 잘 부탁해요."

그녀는 애써 웃었지만 불안한 심정을 다 감출 순 없었다.

기업이 불복해 버리면 오늘 징계 심사는 하나 마나다. 징계 수위 줄여 달라고 애걸복걸해야 맞는 그림인데, 아직도 묵묵부답이라니.

준철은 회의실에 입장하지 못하고 주변을 서성였다.

공정거래
위원회

더 잘할 수 없었을까? 김재민 전 국장을 더 빨리 만나 봤어야 했나? 그런 아쉬움과 죄책감이 준철의 발목을 잡고 놓아주지 않았다.

'……더 잘할 수 있었는데.'

하지만 그렇게 주변을 서성일 때 엘리베이터 문이 열리며 의외의 사내가 등장했다.

"뭐, 뭐야?"

"아니 저 사람은?"

적당한 임원을 보낼 줄 알았는데, 한석호 사장이 직접 참석할 줄이야.

한석호의 등장에 어수선했던 일대가 금세 쥐 죽은 듯 고요해졌다.

한 사장은 몇몇 사람들에게 목례하더니 곧장 회의실로 직행했다.

제재심의에 직접 참석한 건 이 자리를 존중하겠다는 걸까? 아니면 혐의에 대해서 적극 반박하러 온 걸까?

전혀 예상치도 못한 인물이 등장하자 준철의 가슴이 더 크게 뛰었다.

❧

"안건 제 xx호. 『YK암보험 비급여 · 요양 치료비 분쟁안』.

보험검사실 이호준 과장과 박다영 팀장이 상정하도록 하겠습니다."

제재심의는 위원장의 개회 선언과 함께 시작되었다.

검사국 대표는 두 사람이었지만 사실상 실무 수사를 맡은 박다영의 독무대였다.

박다영은 지금까지 되풀이됐던 얘기들을 마지막으로 설명했고, 쟁점을 세 가지로 압축시켰다.

"첫째. YK암보험이 정당한 사유 없이 요양치료비를 지급하지 않았습니다."

"둘째. '암에 대한 필수치료' 이 조항 하나 때문에 파생된 분쟁이 너무나 많습니다."

"셋째. 몇 차례 금감원이 권고를 지시했지만, 유경생명은 이를 이행하지 않았습니다."

검사국의 공표가 끝나자 위원장이 고개를 돌렸다.

"유경그룹 측. 진술하세요."

"없습니다. 계속 경청하겠습니다."

무슨 꿍꿍이인지는 모르겠지만 계속 의외의 행동만 한다.

위원장은 고개를 돌려 박다영에게 물었다.

"검사국. 그럼 첫 번째 안건부터 묻겠습니다."

"네."

"요양치료비는 유경생명에서 대법원 판례가 있다 주장하고 있습니다. 여기에 대해 의견 말씀하세요."

"네. 그 대법 판례는 여기에 적용되지 않습니다. 현 문제가 되는 부분은 신체 주요 장기입니다. 이건 의학계 소견입니다. 암은 발병 부위마다 위급도가 천차만별이고, 당연히 치료법 또한 달라야 합니다."

위원장이 서류를 검토하자 박다영이 바로 덧붙였다.

"보험법은 조항이 애매할 땐 가입자에게 유리하게 해석합니다. 발병 부위마다 요양치료가 된다 안 된다를 미리 알릴 수 있었고, 특약으로 뺄 수도 있는 사항을 유경생명은 하지 않았습니다."

그녀의 일장연설이 끝나자 위원장이 슬쩍 한 사장을 봤다.

하지만 이번에도 묵묵부답.

"또한 이 '암에 대한 필수치료' 조항 때문에 파생되는 분쟁이 500여 건입니다. 공정위 약관심사과도 이 조항에 대해 유권해석을 내린 바 있습니다."

"……."

"이를 근거로 유경생명에 지금까지 지급하지 않았던 요양치료비를 모두 지급할 것을 촉구합니다. 아울러 불분명한 약관을 개정할 것을 요구합니다."

위원장은 다시 한번 한석호를 바라봤다.

하지만 여전히 시선을 피하고 대답이 없었다.

이쯤 되니 준철의 주먹에 힘이 들어가기 시작했다.

저건 할 말이 없어서 안 하는 게 아니다. 이 자리를 존중하지 않겠다는 뜻이다.

네들끼리 뭐라 떠들건 우리는 재판으로 가겠다. 시간 싸움해서 누가 이기는지 보자.

놈의 무심한 얼굴은 분명 이렇게 말하고 있었고, 차츰 여기에 있는 모든 사람들도 그 의미를 깨달아 갔다.

"진술인, 반론하세요."

"드릴 말씀이 없습니다. 죄송합니다."

"진술인! 제재심의는 기업과 당국의 협의 심판입니다. 판결로 간다 해도 금감원의 제재심은 상당한 효력을 가지고 있다는 걸 명심하길 바랍니다."

지금껏 중립을 유지했던 위원장이 참다못해 쏘아붙였다.

그의 불호령에 한석호가 긴 한숨을 내쉬며 마침내 입을 뗐다.

"저희는 가입자들에게 돈을 지급해야 함과 동시에 과잉진료도 막아야 합니다. 한데 모든 암치료에 요양비를 보장하면 어떻게 되겠는지요. 입원치료로 끝낼 수 있는 환자도 모두 요양병원으로 갈 겁니다."

"네."

"그 결과는 보험료 인상으로 이어지겠지요. 부디 제재심의에서 현명한 판단을 해 주시길 부탁드립니다."

그리 말하고 앉자 위원장이 고개를 돌렸다.

"검사국 반론하세요."

공정거래
위원회

"보험료 인상을 빌미로 빠져나갈 수 없는 문제입니다. 줄 돈 주고, 아낄 돈 아끼는 게 보험사의 역할 아닙니까? 또한 저희 금감원은 이미 다섯 차례나 지급 권고를 내린 바 있습니다. 저희 권고는 복합적인 요소를 다 고려해 내린 결정입니다만 유경생명은 이에 따르지 않았습니다."

그냥 안 따른 게 아니라 암 환자들과 시간 싸움을 해 강제로 합의를 유도했다.

박다영은 이런 파렴치한 만행에 대해서도 낱낱이 고발했다.

"또한 의료법상 요양시설도 엄연히 의료시설입니다. 근데 이 치료를 거부하는 법적 근거가 뭔지요. 과잉진료를 핑계로 정당한 치료비조차 거부하는 거 아닙니까? 선량한 가입자, 소수의 피해자들에게 이 책임을 전가시키는 겁니다."

한 사장은 이번에도 말이 없었다.

"이에 저희 금감원은 YK암보험에 기관경고 및 과징금 50억을 부과합니다. 현재 논의되고 있는 금융위 과징금 13억은 별도. 기존 가입자들에게 지급해야 할 피해보상도 별도로 부과합니다."

그녀의 말에 회의실이 일순간 술렁거렸다.

기관경고. 유경생명의 신사업이 1년간 정지되는 것 아닌가?

영업정지 다음으로 무서운 이 징계는 보험사에 엄청난 피해를 끼칠 것이다.

가입자랑 싸워서 고발당한 보험사.

공정위에 유권해석 당하고, 금감원에 중징계.

이 때문에 놓치게 될 손해는 환산하기도 어렵다.

위원장은 가만히 한숨을 내쉬며 한석호를 바라봤다.

"진술인. 이젠 나도 마지막으로 묻습니다. 이 모든 사안에 대해 반론 없습니까?"

그리 물었지만 한석호는 이번에도 대답을 하지 않았다.

그 모습에 준철도 이성을 잃을 것 같았다.

봐달라고 애걸복걸해도 시원찮을 판에 저따위 태도라니!

유경생명이 이 문제를 법원으로 끌고 가면, 그 피해는 고스란히 환자들에게 전가된다. 시간이 촉박한 건 그들이니까.

그것만은 막으려고 이 지경까지 왔는데.

금융위도 데려오고 김재민 전 국장까지 찾아가 협박했는데.

결국 막지 못하다니.

"……처분에 승복하겠습니다. 지금까지 미지급했던 치료비 모두 지급하고, 보험약관도 개정하겠습니다."

"……뭐라고요?"

"이건 저희가 생각하는 피해자 구제 방안입니다. 유경생명을 대표하는 사장으로서 행정소송 거는 일은 없다는 점, 분명히 말씀드립니다. 부디 당국의 너른 처벌 부탁드립니다."

공정거래
위원회

놈이 승복을 해 버렸다.

행정소송을 하지 않겠다는 말까지 했다.

예상치도 못한 대답에 회의실은 찬물을 끼얹은 듯 고요해졌다.

ↄ

"뭐? 제재심 내내 말 한마디 없다 갑자기 승복을 해?"

"예."

"대체 얼마나 뒤통수를 치려고! 이 자식들 꿍꿍이가 뭐야?"

"그게 저…… 꿍꿍이가 아닌 것 같습니다. 피해자 구제 방안까지 가져왔더군요. 문제 됐던 요양치료비 지급하고, 약관도 고치겠다 약속했습니다."

준철의 보고를 들은 최 과장은 할 말을 잃었다.

아무리 봐도 트로이 목마 같은데, 대체 이게 뭐람.

보통은 제재심의가 열리기 전에 기업과 금감원이 치열하게 징계수위를 협상한다. 제재심의는 여기서 합의된 내용을 확인하는 절차에 지나지 않는다.

"……."

그런데 승복을 해 버렸다.

대화에 응하지 않는 건 징계심사에 불복하겠단 의미인데,

갑자기 해 버렸다.

"이 구제 방안은 확실히 지킨다는 거야? 우리한테 눈속임하는 거 아니고?"

"유경생명에서 이미 예산 편성했다 합니다. 부당 미지급 사례도 최대한 지급하겠다고 하더군요."

"앞으로는? 약관 개정도 하겠대?"

"당장의 행보로 봐선 이것도 이행하지 않을까 싶습니다."

유경생명이 건넨 보고서에 특약 조항은 없었다.

서류대로라면 보험료 인상 없이 요양치료를 인정하겠단 뜻이지만…… 최 과장은 곧이곧대로 믿진 않았다.

세상에 말장난 잘하는 법조인들이 얼마나 차고 넘치는데?

기존 가입자들이 보험 갱신할 때 슬쩍 특약 넣었는지 아닌지도 감시해야 한다. 그게 공정위의 남은 과제가 될 것이다.

"그럼 처벌은 어떻게 하기로 했어?"

"과징금 내역 다 빼고 기관경고만 하기로 했습니다."

"막판에 금융위까지 과징금 때렸더만. 그건?"

"그것도 유예하기로 했습니다. 유경생명이 협조적으로 나오면 부과하지 않을 겁니다."

이쯤 했으면 사실상 끝난 거다.

아무리 잘나가는 기업이라도 징계심사에서 한 말을 나중에 번복하긴 힘들다.

"과장님. 그냥 한번 믿어 보시죠. 유경생명이 이 말을 번복할 만큼 바보들은 아닙니다."

"그렇다고 밀린 보험비 턱턱 내주는 자선사업가도 아니야."

"그야 그렇지만."

"이 팀장. 너 혹시 나 몰래 솜씨 좀 부렸냐?"

"예?"

"너 그 방면에선 선수잖아. 윗선에 보고 안 하고 사고치고 다니는 거. 금융위 끌고 온 거 너잖아?"

"……알고 계셨습니까?"

"네가 거기 다녀간 날 나한테 바로 연락이 왔다. 그게 나 몰래 될 것 같아?"

솔직히 윗선에 보고하고 절차를 기다렸어야 할 일인데 자의대로 했다. 복잡한 절차를 기다리기엔 시간이 그만큼이나 급했다.

"죄송합니다."

"영악하게 일하는 놈 꾸짖으려고 한 말 아니다. 그보다 뭐야? 무슨 약점 쥐고 흔들었어?"

"그런 적 없습니다. 전 한 사장 만나 본 적도 없고요."

그리 둘러대며 준철은 안도의 한숨을 내쉬었다.

김재민 전 국장을 찾아간 것까진 모르는구나.

하긴 자존심이 있다면 일개 팀장한테 망신당한 일을 하소연하러 오진 않았을 거다.

최 과장도 몇 번 더 추궁하다 무의미한 질문을 그만뒀다.

지금은 이 파장을 어떻게 수습할지가 더 중요하다.

"이 팀장. 너 그러지 말고 한 2년만 더 나랑 일하자. 쓰던 사무실 계속 빼 줄게."

"……예?"

"이 바닥에 YK가 한둘이겠냐. 타 보험사 약관도 전부 다 개정시켜야지? 우리가 선례를 만들었으니 이젠 타 보험사도 다 요양치료비 지급해야 돼."

암에 대한 '직접' 치료 같은 추상적인 조항도 없애야 할 것이다.

"그뿐이겠냐? 이놈들 지금은 꼬리 내려도 잠잠하다 싶으면 또 기어올라. 지금 보고된 비급여 분쟁만 500여 건인데 사후 처리 누가 할 거야?"

"……"

"우리는 종합국과 달리 지방 출장 없고 야근도 별로 없다. 같은 월급에 이 정도 조건이면 근사하지? 참고로 나는 일 잘하는 놈들한테 고과도 팍팍 잘 밀어줘."

똑똑.

최 과장의 집요한 스카웃 제의가 이어질 때였다.

노크 소리와 함께 비서 한 명이 들어오더니 난처한 얼굴로 말했다.

"과장님. 저…… 유경생명 한석호 사장이 찾아왔는데요."

공정거래
위원회

제재심의 때 독기 가득했던 얼굴이 불과 몇 시간 새 팍 삭아 버렸다. 심적으로 고단했던 하루였겠지.

한석호 사장은 핏기 하나 없는 얼굴로 찻잔을 내려놨다.

"먼저 사과의 말씀 드립니다. 김재민 전 국장님이 여길 다녀간 것으로 아는데, 저희의 의도는 아니었습니다. 아무래도……."

"아무래도 큰일을 처리하다 보면 서로 오해도 생기기 마련이지요. 괜찮습니다."

"……이해해 주신다니 감사합니다."

최 과장은 그를 빤히 쳐다봤다.

용건만 말하라는 뜻이다.

"앞으로의 일을 말씀드리고 싶은데…… 공정위의 이해를 좀 구하고 싶은 부분이 있습니다."

"말씀하세요."

"요양병원비를 한 번에 다 지급하면 저희 재정에도 타격이 큽니다. 물론 현금화할 수 있는 자산을 다 처분하고 있지만 시일이 좀 걸리겠습니다."

"장황한 설명은 됐습니다. 요지가 뭐지요?"

"현실적으로 요양비를 전액 지원하긴 힘듭니다. 이를 입원비로 계산해서 지급하라 하면 저희가 책임지겠습니다."

최 과장이 맥이 빠진 웃음소리를 냈다.

비장한 얼굴로 와서 겨우 한다는 얘기가 결국 지급비 깎아 달란 거 아닌가?

"요양비도 전액지급이 아니라 환자 부담이 30% 아닙니까?"

"예. 입원비로 처리해도 그리 큰 차이 없습니다."

"그럼 다행이네요. 별 차이 없으면 약속한 대로 '요양비' 지급하세요. 입원비 말고 요양비."

"……이런 말씀 뭣하지만 저희도 많이 양보해서 승복한 거 아닙니까. 구체적인 액수 정도는 양해해 주십쇼."

협상이 뜻대로 안 풀리자 한 사장이 곧 본색을 드러냈다.

최 과장은 그 모습에 오히려 안도감이 들었다.

그럼 그렇지. 푸닥거리를 한 번도 안 하고 순순히 들을 놈들이 아닌데. 지급비 깎아 달라는 추태가 눈물겹도록 반가웠다.

"이 팀장. 이번 사건 실무자로서 이 제안 어떻게 생각해?"

고개를 돌리자 이미 싸늘하게 굳은 얼굴이 기다리고 있었다.

"절대 안 됩니다. 법적으로 요양시설도 병원이라 당연히 다른 질병이랑 동일하게 70% 지급해야 합니다."

"그러니 저희가 당국에 양해를 구하는 거 아닙니까? 이 돈 한 번에 다 마련하는 건 불가능합니다."

"그럼 이참에 이사 한번 가시죠. 서초동 사옥 매각하면 그 돈 충당하고도 남을 겁니다."

"뭐, 뭐요?"

"아니면 대대적인 구조조정? 유경생명 재무 상태 괜찮던데 사채(社債) 발행은요? 유상증자도 있습니다. 재원 마련할 방법 더 알려 드릴까요?"

보험사의 돈 없다는 말은 전혀 믿을 게 못 된다.

보험은 사실상 금융업 아닌가? 가입자들에게 돈을 받아서 그 돈을 굴리는 게 보험사의 일이다.

증권시장에서 부도 · 파산율이 가장 적은 곳이 보험업이며, 이들이 뜯어 가는 보험료는 평균 지급비보다 한참 많다.

이런 업계 생리를 가장 잘 아는 것이 김성균이었다.

그리고 김성균은 왜 이놈들이 이제 와 이런 말을 하는지도 정확히 알고 있었다.

"솔직히 이 제안 어차피 안 될 거 알잖아요. 제가 보기엔 다른 목적이 있는 거 같은데?"

"……."

"뭡니까? 이번 이슈 이용해서 보험료 인상할 겁니까? 갑자기 없던 특약이 생기고, 갱신 가입자들 보험료 올라가는 거 아니죠?"

보험사는 패소도 호재로 이용하는 놈들이다. 앓는 소리 팍팍 해 대며 은근슬쩍 보험료를 인상하겠지.

저의를 간파당하자 한석호는 형용하기 힘들 정도로 얼굴이 일그러졌다.

최 과장은 이 광경을 흐뭇한 얼굴로 지켜봤다.

정말이지 보면 볼수록 탐나는 놈이다. 아예 집무실을 따로 빼 주고 싶을 지경이다.

"대체 사람을 뭐로 보고! 그런 거 아닙니다!"

"그게 아니면 무의미한 논쟁 그만둡시다. '요양치료비'로 전액 지원하세요."

"……좋습니다. 그럼 현 환자들에겐 다 지급할 터이니."

"거기엔 당연히 금감원에서 지급권고 내렸던 사건들도 포함이죠. 왜요? 이번엔 또 소급 적용 빠져나가시려고요?"

"그거는 그래도 서로 합의를 한 내용 아닙니까?"

"합의가 아니라 협박. 금감원에서 주라고 권고 내렸는데, 그 돈을 왜 깎고 있어요. 꼭 언론에 몇 줄 나가 봐야 정신 차립니까. YK암보험은 시한부 환자랑 시간 싸움하는 데라고?"

한 사장은 더 이상 입을 열 수 없었다.

괜히 지급비를 깎아 보려고 덤볐다가 본전도 못 찾게 생겼다.

대화가 끝날 조짐을 보이자 마지막에 최 과장이 말했다.

"우리 쪽 얘긴 다 끝난 것 같은데, 더 할 말 있습니까?"

"……."

"참고로 갑자기 보험료를 인상하거나, 갑자기 없던 특약이 생기면 우리 약관심사과가 다 잡아낼 거요. 좋게 얘기할 때 끝냅시다."

한석호는 망연자실하게 고개를 숙였다.

이 돈은 10월 한 장 깎을 수 없다. 이번 이슈를 빌미로 보험료를 슬며시 인상할 계획도 완전히 물거품이 되었다.

☙

한바탕의 푸닥거리가 끝난 후.

준철은 최 과장의 더욱 집요해진 스카웃 제의를 뿌리치고 겨우 과장실에서 나왔다.

고단한 하루다. 오늘 하루에 벌어진 일이 몇 갠가.

그렇게 1층 엘리베이터에서 내릴 때 한석호 사장의 목소리가 들렸다.

"젊은 팀장님이 적을 만드는 타입인가 보군."

"뭐예요. 1층에서 여태까지 나 기다린 겁니까?"

"건방진 놈. 김재민 국장 협박했던 것도 너지?"

"아이고— 얘기가 거기서 정리된 모양이네."

"착각하지 마. 우리가 물러선 건 어차피 1년 동안 신사업 안해도 된다는 계산 때문이지 너희들한테 굴복한 게 아니야."

이젠 정말 볼 장 다 봤다 생각한 모양이다.

준철은 한석호의 막말에 화가 나기보다 동정심이 더 크게

들었다. 지금 이놈 속을 가장 잘 알고 있는 게 바로 자신 아
닌가?

패씸하긴커녕 오히려 안도감이 들었다. 솔직히 한참 선배
인 사람을 찾아가는 게 쉽진 않았는데. 역시나 막판에 한 일
이 신의 한 수였다.

준철은 그의 분풀이가 끝날 때까지 기다리다 타이르듯 말
했다.

"한석호 씨. 그냥 줄 돈은 줘. 보험사가 보험 사기꾼을 잡
아야지 왜 엄한 환자를 잡고 있어."

"뭐, 뭐야? 한석호 씨?"

"가족이 암 걸리면 그 집 기둥 뽑힙니다. 치료비 대고, 가
족들 간병 시작하면 아파트 평수부터 작아진다고. 이 불행을
막으려고 있는 게 보험 아니요."

"젊은 놈이 어디다 대고 반말이야?! 네가 보험을 알아? 기
업을 알아?"

"그걸 왜 몰라. 그 짓거리 하다 지옥에도 못 가고 있는 게
나인데."

"뭐?"

"살아 보니 인생사 인과응보입니다. 절실한 사람들 생명
가지고 시간 싸움 말아요."

살아 보니? 인생사? 인과응보?

젊은 놈이 기가 차는 소리만 해 댄다.

"이 미친놈이 어디서⋯⋯."

욕지거리가 튀어나왔지만 한 사장을 기다리는 건 더 큰 치욕이었다.

준철은 이미 손을 흔들며 멀리 떠나가고 있었다.

❦

[YK암보험, 금감원 징계에 승복]

[당초 예측과 달리 큰 반발 없어]

[추후 암 치료에도 요양치료비 지원할 것]

업계에 파란이 벌어질 거란 예상과 달리, 이번 싸움은 금감원의 손쉬운 승리로 끝났다.

사태가 조기에 진화되었기에 우려하던 주가 대폭락은 없었다.

유경생명은 주가 공시를 통해 공식적으로 패배를 선언했고, 자신들이 제출한 피해 구제안도 발표했다.

[기존 가입자들에게도 소급 적용해 요양치료비를 지급할 계획.]

[신체 주요 장기 등에 한정, 앞으로 요양치료도 인정할 계획.]

이 단순한 발표가 업계에 미친 파장은 대단했다.

선두 그룹에서 요양치료를 공식 인정하기로 했으니 후발 주자들도 뒤따를 수밖에 없다.

타 보험사들도 줄줄이 약관을 개정했고, 갱신을 앞둔 가입자들에게 개정 사항을 전달했다.

하지만 평범한 가입자들이 이를 한 번에 이해할 순 없는 노릇.

언론 발표가 나가자 공정위 약관심사과엔 문의 전화가 빗발쳤다.

—보험 갱신을 앞두고 있는데 그럼 저는 보험료가 인상되는 겁니까?

—혹시 요양치료비를 받으려면 특약에 가입해야 하나요?

—저는 피해 신청을 하지 않은 가입자인데…… 요양치료를 받은 적이 있어요. 저도 소급 적용이 되나요?

"잘 들어. YK뿐 아니라 모든 보험사가 소급 적용해서 지급해야 돼. 그리고 이를 빌미로 보험료 올리면 약관 위반이다. 요양병원은 의료법상 병원이니, 당연히 특약 대상도 아니다."

"네."

"가입자들 불안해서 당분간 전화 더 올 거야. 곧 매뉴얼 정리해서 뿌릴 거니까 그때까지 이것만 확실히 설명해."

"알겠습니다."

최 과장은 그날 소비자국 전화기를 전부 동원해 민원 업무에 주력했다.

"후우……."

과장인 자신도 민원 전화를 받아야 했지만 마음만은 가벼웠다. 썩은 부위를 도려냈으니 진통이 따르는 건 당연지사. 모든 것이 순리대로 돌아가는 중이다.

공정위 전 부서가 민원 업무에 주력할 때, 유경생명도 징계안을 이행하기 시작했다.

유경생명은 현 환자들에게 요양치료비를 전부 지급했고, 유가족들에게도 치료비를 전액 지급했다.

놈들의 빠른 구제 처리는 더 이상 당국과 싸우지 않겠다는 확실한 백기투항이었다.

ↄ

"팀장님. 진심으로 감사드립니다. 이 은혜를 어찌 갚아야 할지……."

치료비 부담을 한층 덜어서일까.

다시 만난 피해자들은 그때보다 한결 밝아진 모습이었다.

"별말씀을요."

"정말 선생님 덕분에 큰 시름 덜었습니다. 모두 이 팀장님 덕분입니다."

"가당치도 않습니다. 당연히 받았어야 할 돈인데. 보험비 지급은 어떻게 됐습니까?"

"여기 계신 분 모두 지급받았습니다. 징계심사 끝나고 나니 바로 입금해 주더군요."

모든 과정이 일사천리였다.

몇 년을 끌어오던 돈이 단 며칠 새에 전액 입금되었다. 입원비가 아닌, 요양비로 계산해서.

지급액은 10원 한 장 새지 않았고 준철도 겨우 큰 시름을 덜 수 있었다.

"정말 다행이네요."

"이게 모두 선생님 덕분입니다."

"아닙니다. 선생님들이 힘든 투쟁을 해 주셔서 미래의 피해자까지 막을 수 있었습니다. 저희야말로 감사드려요."

이 승리는 아픈 몸 이끌고 홀로 싸웠던 이들의 공이다.

솔직히 아직은 이들에게 이런 말을 들을 자격도 없다 생각했다.

"박 선생님도 감사드려요. 저희 사건 처리하시느라 애 많이 쓰셨죠?"

"아닙니다. 마땅히 했어야 할 일인데요."

"선생님 오기 전에 이 사건 관심 가진 사람 아무도 없었습니다."

"맞아요. 박 선생님 아니었으면 여기까지 오지도 못했을 겁니다."

"이젠 정말 치료에만 전념할 수 있겠어요."

늘 쾌활하고 밝은 박다영도 오늘만큼은 활짝 웃을 수 없었다.

돈 걱정은 덜었다 해도 아직 이들에겐 큰 싸움이 남았다. 치료에만 전념할 수 있단 환호가 더 마음을 아프게 한다.

그들과 격려의 말을 나눈 후 준철이 유가족들에게 갔다.

"유경생명이 소급 적용도 하기로 했는데 어찌 되셨는지……."

"네. 저희한테도 연락이 왔습니다. 합의금 제외하고 나머지 치료비를 지급하겠다 하더군요."

"혹시 거절하신 건……."

"아닙니다. 저희도 그냥 승낙했습니다."

"어려운 결단 내려 주셔서 감사합니다. 징계 수위가 성에 안 차시겠지만……."

"아이고– 아닙니다. 얼추 들어서 알고 있습니다. 이 정도면 유례가 없는 처벌이었다는 거."

정말 다행인 일이다. 유경생명의 강력 처벌을 요구했던 이들도 이쯤에서 만족해 주었다.

"뭐 금감원한테 징계받은 보험사 하면, 이미 망신 다 산 거 아니겠습니까? 신규 가입자도 많이 놓칠 테고. 저희는 그 정도 징계에 만족합니다."

노인은 준철의 손을 덥석 잡았다.

"덕분에 죄책감 많이 덜었습니다. 집사람이 치료비 걱정만 하다 갔는데…… 남은 돈 들어왔으니 이건 집사람 선물이라 생각하겠습니다."

"네. 좋은 곳에서 함께 기뻐해 주실 겁니다."

"이젠 털어 내고 우리도 열심히 살아야죠. 하하."

노인의 웃음에선 일말의 미련 없는 후련함만 느껴졌다.

죽은 사람을 이젠 떠나보내 줄 수 있다는 후련함. 앞으론 생업에만 종사할 수 있단 해방감만이 있었다.

"진짜야? 피해자들한테 치료비를 벌써 다 지급해 버렸어?"

"네. 우리 쪽에 통보도 않고 그냥 며칠 뒤에 입금시켜 버렸 대요."

"……이상하네. 지급 날짜 가지고 한번 또 속 썩일 줄 알았 는데."

"완전히 고분고분해졌어요. 이제 저쪽도 다른 뜻 없나 봐 요."

돌아오는 차 안.

박다영과 단둘이 남게 된 준철은 궁금한 것들을 빠짐없이 물었다.

그런데 나오는 대답마다 의외다. 최후의 발악까지 한 놈들이라 걱정 많이 하고 있었는데.

"징계는 언제부터 들어갈 거야?"

"다음 달부터요. 지금 YK암보험에서 신청한 신사업이 한 건 있는데, 이거 일단 보류시켰어요."

"별다른 반발은 없고?"

"네. 없어요."

이상한 질문이 계속되자 그녀가 조심히 물었다.

"왜요? 유경생명이 공정위한텐 뭔 짓 했어요?"

"한석호 사장이 직접 찾아왔었거든. 막판에 이상한 견적서 가져오더라. 요양비를 입원치료비로 계산하자고."

그녀는 차체가 흔들릴 만큼 펄쩍 뛰었다.

"아니 이 자식들 정신 못 차렸네? 어디서 지급비 협상을?!"

"문제는 그게 본 목적이 아니었다는 거야. 우리한테 앓는 소리 하면서 슬쩍 보험료 인상하거나, 특약으로 빼거나 했을 거야."

"어머, 그럼 안 되잖아요. 기존 가입자들한테 책임 전가시키는 거잖아요."

세상에 보험약관 다 읽어 보는 사람이 얼마나 있겠나? 특히나 보험 갱신하는 사람들은 아예 설명도 잘 듣지 않는다.

보험료 슬쩍 인상시켜 버렸으면 너무나 간편하게 이 모든 문제가 해결됐을 것이다.

"걱정 마. 우리 쪽에서 딱 잘라 말했으니까."

"안 된다고 한 거죠?"

"응. 보험료 인상 없이 요양치료비 인정할 것 같아. 약관도 그렇게 바꾸겠다 했어."

"어쩜 그리 끝까지 구질구질해요? 그사이 보험료 인상이라니."

그녀의 거친 말이 준철의 아픈 기억을 건드렸다.

한 사장의 본 목적을 제일 먼저 알아챈 건 자신이었다. 왜냐하면 그건 늘 김성균이 쓰던 방법이었으니까.

과거의 김성균은 저들의 눈물을 뺏던 사람이었고, 저들이 늘 보험사기꾼으로 보였던 사람이었다.

"진짜 우리라도 없었으면 어떡할 뻔했어요. 진짜 선배처럼 성질 드센 사람 있어서 다행이지."

과거 만행을 다 지울 순 없지만, 그래도 현 피해자들을 구했다.

이번 유권해석으로 앞으로 피해를 보지 않게 될 가입자도 많다.

이 정도면 그 죄책감을 조금은 덜어낼 자격이…… 있을까?

"근데 선배. 사건 다 끝냈는데 왜 이렇게 우중충해요?"

"……피곤해서지 뭐."

"우리 나이에 피곤은 무슨, 흐흐. 수고했어요, 선배. 당연히 남은 일도 마무리해 주실 거죠?"

준철의 대답은 단호했다.

"남은 일은 프로페셔널한 분들이 해 주실 거야."

"엥?"

"나 종합감시국 소속이잖아. 이제 원대 복귀해야지."

"그런 게 어디 있어요. 지금이 시작인데! 요양치료비 지급 시켰으니, 이젠 비급여항목 분쟁 다 털어야죠."

"그건 나보다 더 잘하는 사람들이 한다니까."

"결자해지 몰라요? 시작한 사람이 끝내야지 이런 경우가 어디 있어요?"

그녀가 애원하듯 말했지만 준철의 결심을 바꿀 순 없었다.

과거의 죄를 다 속죄하려면 어느 한곳에 엉덩이 붙이고 있을 시간이 없다. 애초에 보험업이 준철의 전문 영역도 아니었고.

"사람 그렇게 안 봤는데 지-인짜 매정하시네."

"잘 부탁해."

"근데 선배. 이제 다 끝났으니 하는 말인데 왜 이렇게 말투가 많이 바뀌었어요? 예전엔 안 그랬잖아요."

얘기가 엉뚱한 데로 새자 핸들이 흔들렸다.

큰일이다. 난데없이 과거 얘기라니.

"……뭐?"

"아니 무슨 손수건을 가지고 다니지 않나, 외모가 멀끔해지지 않나. 사람이 바뀌어도 너무 바뀌었잖아요. 적응 안 되 게스리."

"내, 내가 어땠는데……."

"지금과는 정반대였지 아마? 아니 근데 진짜 크게 다친 거 예요? 아무것도 기억 안 나요?"

준철은 땀이 삐질 흘렀다.

박다영은 그 모습이 재밌는지 계속 변죽을 울렸다.

"아— 알겠다. 선배가 갑자기 왜 다른 사람이 됐는지."

"그게 무슨 소리야! 사람이 어떻게 갑자기 다른 사람이 돼."

"여자친구 생겼죠?"

"……응?"

"맞네. 선배 애인 생겼구나? 외모도 깔끔해지고, 뭔가 여 자 대하는 무드도 달라지고, 딱 보니까 답 나오네."

고맙게도 너무 엉뚱한 예측을 해 주어서 마음을 놓을 수 있었다.

"그런 거 아니야."

"그럼 뭔데요."

"말했잖아. 큰 사고 당해서 과거 기억이 많이 없어. 가벼운 뇌진탕 증상이라는데 아직 후유증도 있고."

"진짜예요? 뭐 여자친구 이런 게 아니라?"

"핸드폰 봐. 있나 없나."

핸드폰은 정말 자신 있었다. 주소록이 채 20명도 안 되지 않나?

그녀는 기다렸다는 듯 정말 핸드폰을 다 뒤졌고, 그 조촐한 명단에 충격을 감추지 못했다.

여자친구는커녕 아예 친구가 없는 수준이다.

"맞구나…… 준철 선배가 맞아. 아직도 친구가 없네."

"사람을 뭐로 보고. 줘."

"그럼 선배. 주말에 시간 한번 냅시다."

"……또 무슨 수작이야. 아까 말했듯 나 더 이상 못 도와줘."

"누가 일 도와달래? 뒤풀이하자고요. 선배가 도와준 것도 많은데 내가 찐하게 한턱 쏠게요."

준철은 아차 싶었다.

차라리 여자친구라고 할걸!

화제를 전환한 건 좋은데 저건 더 최악이다. 사적인 관계로 엉키면 어떤 과거 얘기가 튀어나올지 모른다.

"이상하다. 내가 아는 이준철은 술자리 무척 좋아하는데?"

"알겠어. 하자! 나도 못 마신 지 오래라 몸이 근질근질하다. 근데 이번 주는 바쁘니까 다음에 연락 줄게."

"주소록에 친구 한 명 없던데 뭐가 바빠?"

"……."

"약속 어기지 마요. 우리 주말에 뒤풀이하는 겁니다."

"알겠어. 그래 하자."

엉겁결에 대답했지만 준철의 마음속은 어지러웠다.

이러면 안 되는데. 이 몸의 진짜 주인한테 더는 몹쓸 짓 하면 안 되는데…… 그러면서도 내심 기대가 되는 자신이 너무 원망스러웠다.

-과장들, 모두 1308호로.

국장님의 전체 문자에 종합국 과장들은 얼굴이 어두워졌다.

오늘은 공정위 본청(세종시)에서 차관님 주재 회의가 열린 날이다. 하늘 같은 국장님도 이 자리에선 말단이나 다름없는데, 이런 분위기를 풍길 땐 대개 이유가 하나였다.

'뭐지? 또 머리 아픈 사건 받아 왔나?'

"오 과장, 오 과장!"

사람 생각 다 비슷한 모양이다.

엘리베이터 앞에 들어서니 종합국 과장들이 오경철 과장

에게 우르르 몰려왔다.

"오늘 국장님 본청 갔다 오는 날 아니야? 왜 갑자기 1308호로 모이라지?"

"난들 아나."

"자기네 이번에 큰 사건 들어갔다며. 암보험약관인가? 오늘 그거 때문에 그런 거 아니야?"

"맞아. 이거 오늘 YK암보험 때문이지?"

오 과장은 고개를 저었다.

"그거 마무리된 지 한참이다."

"뭐? 그럼 다 끝났어, 그 사건?"

"그래, 오늘은 그거 아니야."

"그럼 대체 뭔데?"

"난들 아나. 근데 뭘 또 이렇게 호들갑들이야? 원래 국장님 본청 다녀오면 한소리씩 하잖아? 그냥 정기적으로 하는 정신교육 같은 거겠지."

띵동.

애석하게도 오 과장의 예측은 바로 빗나갔다.

"어머, 여기 지금 자리가 다 찼는데……."

"아, 예. 올라가세요."

"그럼 실례하겠습니다."

위로 올라가는 엘리베이터가 만원이었던 것이다.

"홍 과장, 저거 소비자정책국이지?!"

"이 엘리베이터 탈 일이 없는데? 어딜 갑자기 저렇게 가지?"

엘리베이터가 13층에서 멈추자 이들의 불안이 최고조에 달했다.

"뭐야, 소비자국도 집합당했어?! 13층에서 멈춘 거면 1308호로 간 거 아니야?"

타 부처 과장들까지 한자리에 집합할 정도면 대체 얼마나 큰 사건이람.

◌

혹시나가 역시나.

불안한 마음으로 도착한 회의실엔 방금 전 마주친 과장들이 전부 모여 있었다.

소비자국 이지성 국장도 있었는데 공정위에서 국장님 두 분이 나란히 있는 광경은 그리 흔한 게 아니었다. 총 다섯 명밖에 없는 사람들 아닌가?

다들 긴장한 얼굴로 주변을 살필 때 종합감시국 김태석 국장이 일어나 말했다.

"시간 바쁠 테니 긴말 안 하지. 뒷광고야. 본청에서 오더가 내려왔어."

그는 쓰윽 둘러보다 부연했다.

"뭐 다들 알 거다. 본청에서 우리한테 사건 준다는 게 어떤 의미인지. 규모가 꽤 커, 사건도 매우 복잡하고."

김 국장은 오늘 본청에서 받은 PT자료를 띄웠다.

"확인된 액수만 600억. 한유미 과장, 연루된 기업이 얼마라 했지?"

"대기업만 6곳이요. 중소기업은 20곳이 넘습니다."

"그래. 뭐 이쯤 하면 대강 사이즈 나오지? 뒷광고 받아먹은 인플루언서들은 더 많아. 한 과장, 이건 몇 명이지?"

"1억 이상의 대가를 받은 사람만 10명이 넘습니다."

그녀의 설명이 끝나자 여기저기서 작은 한숨이 들렸다.

이것도 본청에서 슬쩍 모니터링해서 나온 숫자다. 본조사가 시작되면 이게 두 배가 될지 뒤에 0이 하나 더 붙을지 아무도 모른다.

"그래서 지금부터 이걸 다 뒤져야 하고, 당분간 소비자정책국과 종합국이 한 팀으로 움직여야 한다."

20명 남짓 모인 과장들이 웅성거리기 시작했다.

지금 이 과장들 밑에 있는 수사 인력만 400명이 넘는다. 설마 400명을 다 갈아 넣겠다는 건가?

"여기까지 질문 있나?"

"국장님. 지금 모인 인력을 전부 투입하실 겁니까? 그럼 업무 공백이 너무 클 텐데요?"

"물론 추리고 추려야지. 주력 수사는 안전정보과 한유미 과장이 이끌 거야. 그리고 우리 종합국에서 서포트를 한다. 최대 인원은 한 50명?"

"하면 나머지 과장들은……?"

"잡무, 라고 말하면 기분들이 그렇겠지? 업무 대기라고 하자. 알다시피 뒷광고는 우리가 꾸준히 지적해 온 문제다. 이번 수사에서 업계 실태를 파악하고 나아가 나중엔 '그놈'들하고 싸울 수도 있다."

회의실엔 숨소리도 들리지 않았다.

국장님이 말한 '그놈'들은 바로 웹튜브 한국 지사다.

국내 스트리밍 서비스를 독과점하고 있는 놈들. 미국계 기업이라 국정감사에도 소환하기 힘든…… 무소불위의 기업을 상대할 수도 있단 뜻이다.

"무조건 전면전을 하겠다는 건 아니니 미리 겁먹지 말고. 여러 여건 고려해서 우리도 신중히 결정할 거다. 한 과장?"

"예. 그럼 본청에서 받은 문제 자료 공개하겠습니다."

소비자안전정보과 한유미 과장은 연단에 올랐다.

나긋나긋한 미소와 달리 그녀는 방송국에서 미친개로 정평이 나 있는 인물이었다.

홈쇼핑 업체의 허위 광고를 적발해 과징금 30억을 때렸고, 인기 드라마의 지나친 PPL을 적발해 방통위 경고를 받아 낸 전력도 있었다.

이제 곧 쉼을 바라보는 그녀는, 탄탄한 자기 관리로 골드

미스가 아닌 다이아미스로 불리는 여자였다.

"이 영상부터 보시죠."

단상에 오른 그녀가 동영상 하나를 틀었다.

하지만 너무 필요 이상으로 긴장한 걸까?

웹튜브 어디서나 볼 수 있는 뷰티 채널이었고, 이상한 점도 별로 보이지 않았다. 눈살 찌푸려지는 홍보가 몇 개 있는 정도다.

"이게 최소 6천만 원짜리 광고였습니다."

"예? 아니 몇 개 눈에 걸리긴 했는데, 그게 6천이라고요?"

"우리 계산이 너무 과장된 거 아니에요?"

"다시 보실게요."

그녀는 화면을 돌려 첫 장면에 고정시켰다.

"여기서부터 뒷광고가 시작이에요."

"여긴 첫 장면 아닙니까?"

"네. 근데 이 여자가 들고 있는 주스 보이시죠? 이게 오르비 주스라고 지금 다이어트 음료로 가장 핫한 상품입니다. 그리고 중간에 보면 갑자기 야외 방송 켠다고 선크림을 바르죠? 마찬가지로 뒷광고입니다."

한 과장이 뒤이어 튼 영상에선 그 실체가 더 선명해졌다.

그녀는 매 방송마다 오르비 주스를 마셨고, 이유 없이 선크림을 발랐으며, 뜬금없는 이유를 들어 자기 틴트를 설명하고 있었다.

"그중에서도 가장 큰 문제는 바로 이 영상들입니다."

그리고 마지막 영상이 돌아갈 땐 과장들도 경악을 감추지 못했다.

─안녕하세요~ 구독자 여러분. 언니만 믿어! 박혜선이에요. 오늘 소개할 스물여덟 번째 내돈내산 후기는요. 바로바로~ 이 마스크팩!

"이 제품은 뒷광고가 다 확인된 제품입니다."

─중소기업 화장품 무서워서 못 쓴다고? 언니! 그거 언제 적 얘기니. 호호. 대기업 제품은 다 간판비니까 가성비만 따져요. 제발 가.성.비.만!

논현동 최고의 헤어 디자이너로 알려진 그녀는 유난히 중소기업 제품을 사랑하는 사람이었다.

유명 패션쇼의 수석 디자이너로 활동하는 사람이라 의심할 여지가 없었다.

그런 인지도 효과는 바로 조회 수와 구독자 수로 이어져, 채널 개설 2주 만에 골드버튼까지 받았다.

"보면 아시겠지만 꾸준히 자기 인맥 활용을 하죠? 비단 화장품, 의류뿐 아니라 다이어트 식품까지 다 홍보를 하고 있죠?"

한 과장은 그 실체를 낱낱이 까발린 뒤 종이를 들었다.

"근데 이 사람이 홍보한 제품 상당수가 다 허위 광고였습니다. 없는 기능 있다고 한 건 예사고. 현재 식약처에 안정성 검사를 의뢰해야 할 제품도 다수입니다."

이게 바로 뒷광고의 가장 무서운 점이었다.

허위과장 광고를 잡을 방법이 없다. '나는 그 제품이 너무 좋아서 그런 기능이 있는 줄로 알았다.'라고 잡아떼면 감기약도 암 치료제로 팔아먹을 수 있다.

그녀의 발표가 끝났을 때, 과장들은 너 나 할 것 없이 국장님의 시선을 피했다.

숱한 업무 경험으로 단련된 아주 강한 직감이 들었다.

이번 수사에 차출되면 정말 지옥일 거라는.

⟲

박다영과의 만남은 예상대로 뒤풀이를 가장한 데이트였다.

근사한 레스토랑에서 스테이크를 주문했고 고급 와인까지 곁들였다.

하지만 그 황홀한 데이트가 끝났을 때, 준철은 어딘지 모르게 허전한 기분이 들었다.

이 몸의 진짜 주인에 대한 죄책감…… 그러면서도 이 분위기를 즐기고 있다는 자책……

아니다. 솔직히 말하면 그냥 식당이 별로였다.

"미안해요, 선배. 여기가 신촌에서 가장 유명한 스테이크 집이라는데, 양이 좀 부실했죠?"

"괜찮아. 그래도 밥은 많이 주더라."

"나도 이런 맛집 같은 건 약해서. 흐흐. 대신 우리 2차 해요. 안주 먹으면 배부르겠죠."

10만 원짜리 스테이크를 먹었는데, 스프만 먹다 나온 기분은 왜일까?

신기하게도 여긴 신촌에서 손에 꼽히는 맛집이었다. 몸은 바뀌어도 젊은 사람들 입맛은 따라갈 수 없는 모양이다.

이런 찝찝함과 달리 식사 자리 자체는 성공적이었다.

우려했던 과거 얘기는 일절 나오지 않았고, 취미나 업무 고충 같은 건설적인(?)인 얘기들만 오갔으니 말이다.

"잠깐만요, 선배. 어머! 마이셀 선크림이 드디어 나왔네."

그렇게 신촌 로터리를 걷던 중 갑자기 박다영이 펄쩍 뛰었다.

"세상에 재고가 이렇게나 많아? 선배, 선배도 일로 와 봐요. 이거 디피된 거 한번 발라 봐요."

"선크림? 난 이런 거 안 바르는데. 끈적해서……."

"촌스럽기는! 그냥 선크림이 아니라 요즘에 없어서 못 바르는 기능성 선크림이에요. 이거 티그리가 쓰는 거잖아요. 몰라요?"

"뭘 그려?"

"연예인 스타일리스트, 티그리. 몰라요? 이 사람 방송에도 자주 나왔는데."

알 턱이 있나.

연예인 얼굴도 구별 못 하는데 어떻게 스타일리스트까지.

"아…… 그 사람? 근데 난 이거 처음 들어 보는 브랜드인데."

"중소기업 제품인데 이게 요즘 가성비 갑이라고 인터넷에서 난리예요."

마이셀은 일반 선크림이 아니었다. 자외선은 물론 방사능(?)까지 막아 주는 기능성 화장품이었다.

햇빛에는 자외선뿐 아니라 인체 유해한 것들이 많은데, 제품 설명서에 따르면 나쁜 건 다 차단해 준다 한다.

뿐이랴? 특허받은 알로에 배합 기술로 피부 트러블이 심한 고객들도 부담 없이 쓸 수 있는 상품이었다.

'……안티 에이징까지? 이건 선크림이 아니라 만병통치약인데?'

그리 생각하다 준철은 눈이 커졌다.

"잠깐만. 아무리 그래도 무슨 선크림 하나에 5만 원이야?"

"어휴─ 이런 거 X콤이랑 X라랑스에서 팔면 10만 원도 넘어요. 반값이면 거저지."

"……그래?"

"잔말 말고 내가 살 테니까 받아요. 이거랑 또 이 마스크 팩. 이것도 요즘 상품 후기 좋거든요? 잠잘 때 10분만 하고 자면 내일 하루가 달라져요."

참 의외였다.

찔러도 피 한 방울 안 나올 것 같은 여자가 이런 거 고를 땐 눈이 뒤집힌다.

어쩌면 이 모습이 자연스러운지도 모른다. 저 미모를 유지하려면 안 보이는 곳에서 부단히 노력해야겠지.

"됐다. 이 정도만 꾸준히 발라도 노화가 팍 오는 일은 없을 거예요."

"고마워. 이제 노래랑 춤만 잘하면 연예인 할 수 있겠다."

"푸흡. 왜요? 저 푼수 같아 보여요?"

"비꼰 거 아니고 진짜 고맙다는 뜻이야. 2차도 내가 살게. 대신 이번엔 내가 아는 데로 가자."

❧

참을 수 없는 가려움에 잠을 깬 준철은 거울을 보고 비명을 질렀다.

"대체 이게 뭐야?!"

닭살처럼 올라온 피부, 검버섯 같은 물집, 그리고 손을 한시도 가만있을 수 없는 가려움!

벌써 이틀째나 같은 증상이었다.

만신창이가 된 얼굴을 이러지도 저러지도 못하며 준철이 무언가를 찾았다.

"마스크팩…… 마스크팩……."

역시나 그 사기 맛집 스테이크가 원흉인가?

이 재앙은 박다영과의 뒤풀이 이후 찾아왔다.

그날 저녁부터 배가 살살 아픈 것 같았고, 자고 일어나니 얼굴에 두드러기 범벅이 되어 있었다.

하지만 이상한 일이다. 식중독 증상은 온몸에 두드러기가 나지 얼굴에만 나지 않는다.

그리고 두드러기가 올라올 정도면 매스꺼움, 설사, 구토를 동반하는데, 그런 증상은 전혀 없었다.

"이…… 이건 또 왜 이렇게 아파."

급한 대로 피부 안정에 좋다는 마스크팩을 써 봤지만 마치 화상 입은 듯 얼굴이 더 타들어 가는 것 같았다.

"몸에 좋은 약이 입에 더 쓴 거 맞지?"

그 일념 하나로 10분을 버티다 결국 패대기치며 일어났다. 피부안정은커녕 얼굴에 화염방사기를 맞은 듯 뜨겁기만 하다.

오늘 출근이 문제가 아니었다. 이러다간 정말 사람이 죽겠구나 싶을 정도의 가려움이다.

혹시 지난 박다영과의 뒤풀이 때문에 하늘이 노한 걸까?

본분에서 벗어나지 말라는 하늘의 계시?

새벽에 잠에서 깬 준철은 얼굴을 벅벅 긁으며 응급실로 향했다.

٭

아침 일찍 출근한 반원들은 콧노래를 흥얼거리며 이사 준비에 한창이었다.

공정위에서 안 힘든 사건이 어디 있겠냐만, 이번처럼 성취감이 눈에 보이는 사건은 드물다.

암보험사 약관을 바꾸고, 피해자들에게 요양비도 지급해주지 않았나?

아픈 사람을 도운 일이라 그런지 이번 사건은 꼭 생명 하나를 살리고 간 기분이다.

"마무리만 확실히 하자고. 유경생명 수사 자료는 약관심사과에 넘기고, 종이로 된 자료는 파쇄. 팀장이 오면 바로 가자."

"네―."

"속이 다 시원하네요. 개인적으로 이렇게 글자 가지고 장난치는 건 적성에 안 맞아. 차라리 지방 출장 다니면서 뛰어다니는 게 낫지."

"솔직히 아픈 사람들 상대하니까 마음도 찝찝하더라. 다행히 잘 해결됐으니 망정이지 만약 졌으면. 어휴―."

그렇게 자축하며 짐을 꾸릴 때였다.

"오랜만에 뵙네요……."

마스크와 선글라스로 얼굴을 가린 웬 정체불명의 사내가 사무실로 들어왔다.

반원들은 엉거주춤 인사하다 준철의 모습에 놀랐다.

얼핏 비추는 준철의 얼굴이 마치 벌집이라도 쑤신 듯 초토화가 되어 있었기 때문이다.

"팀장님? 얼굴이 왜 그러십니까?"

"뭐 잘못 드셨어요? 그거 두드러기 같아 보이는데."

"신경 쓰지 마세요. 응급실 다녀왔는데 별거 아니랍니다."

"별거 아닌 게 아닌데요? 요즘 식중독 무서워요. 진짜 병원 가 보셨어요?"

더 이상 숨겨 봤자 무의미.

준철은 마스크와 선글라스를 벗고 얼굴을 커밍아웃했다.

"다행히 식중독은 아니랍니다. 급성 두드러기 같다는데, 오늘 전문 피부과 가려고요."

"아이고……."

"됐습니다. 저희 이사 준비나 하죠."

"네, 알겠습니다. 파쇄할 자료는 제가 다 지시했습니다. 짐만 싸세요, 팀장님."

진두지휘를 해 준 김 반장 덕에 이사 준비는 곧 끝났다.

'……젠장. 이게 대체 뭐람.'

응급실에서도 큰 이상이 없다는 말만 되풀이했다.

설사도 없고 복통도 없으니 음식 알러지는 아니다.

정말이지 하늘이 노했다는 게 맞는 표현일 것이다. 본분에 벗어나는 호사를 누리니 이런 천벌이 내렸다 생각할 수밖에.

그렇게 자책하며 짐을 옮길 때 바깥에서 한 여인이 노크를 하며 들어왔다.

"어라? 한유미 과장님?"

"반가운 얼굴들 많네. 김 반장님, 잘 지냈어요?"

묘령의 여인이 등장하자 갑자기 반원들 얼굴이 팍 굳어 버렸다.

"박 조사관도 정말 오랜만이다. 한 3년 만인가?"

"대충 그 정도 될 것 같네요. DPR홈쇼핑 털었을 때니까."

"딴 팀은 몰라도 내가 여기 사람 얼굴은 다 기억해요. 그때 우리 종합감시팀 활약이 대단했잖아?"

"활약은 무슨요. 경찰 불러서 대문 뿌수고 들어간 건 과장님이신데."

"하하. 김 조사관은 내 추한 모습만 기억하고 있네. 점잖은 모습도 많았어!"

옆에서 오가는 얘기만 들어도 범상치 않은 사람이었다. 얼굴은 웃고 있지만 뿜어져 나오는 위압감이 상당하다. 가녀린 미모에서도 단단함이 느껴졌다.

인사를 나누던 그녀의 시선이 곧 준철에게 멈췄다.

"이쪽이 이준철 팀장?"

"아, 예."

"반가워요. 나 소비자안전정보과 한유미 과장이라고 해."

"처음 뵙겠습니다. 종합국 이준철 팀장입니다."

"얘기 많이 들었어. 대성중공업이랑 한경모비스 건을 맡았다고? 이번 YK암보험도 자기가 맡았고."

준철은 싸한 느낌이 들었다.

어쩐지 칭찬이 과한 느낌이 든다.

"그래서 말인데 그 활약 나도 좀 기대해도 되나?"

"예?"

"아, 종합팀. 이사 안 가도 돼. 당분간 우리 소비자국에서 좀 더 일해 줘야겠어."

"예, 예?!"

반원들이 소스라치게 놀랐다. 아니 이게 웬 날벼락이람.

하지만 그녀는 표정 하나 흔들리지 않고 이들에게 서류를 보였다.

"본청에서 오더가 내려왔어. 우리 지금 뒷광고 큰 거 하나 잡았거든? 종합감시팀이 TF에 합류해 줘."

❧

그녀가 떠나가고 난 후 오 과장이 준철을 불렀다.

미안하긴 한 모양이다.

지난 수사에 대한 칭찬을 실컷 늘어놓더니 넌지시 말했다.

"마른하늘에 날벼락 맞아서 정신없지?"

"아닙니다."

"나도 갑자기 본청에서 이런 오더 떨어질지 몰랐다. 아마 계속해서 칼을 갈고 있었던 모양이야."

원래 본청에서도 이렇게 한 번에 큰 오더를 내리지 않는다.

큰 사건이 떨어질 땐 언론에서 시끌시끌하던, 내부에서 소문이 돌던 예후가 보이기 마련인데.

"과장님 근데 뒷광고는 적발돼도 처벌 수위가 미미하지 않습니까. 그리고 연루된 기업이 많은데 정말 다 처벌할 수 있습니까?"

"어. 처벌할 것 같다."

"스트리머들도 수백일 텐데."

"규모 추려서 상징적인 놈들만 처벌하겠지. 근데 본새 봐서는 다 처벌할 수도 있겠다."

예상외로 오 과장의 대답은 단호했다.

진짜로 사태가 심각하게 돌아가는 모양이다.

"처벌엔 중소기업도 포함입니까."

"본청에서 적발한 금액이 600억대야. 중소기업 봐줄 생각이었으면 애초에 이렇게 자료 넘기지 않았겠지."

"본조사 시작되면 천억대가 넘어갈 수 있는데요."

"웹튜브하고도 한판 붙어야지. 모두 고려하고 있네."

이 말엔 준철도 놀랐다.

웹튜브가 미국계 회사로 국내 스트리밍 시장을 독점하고 있다는 걸 모르는 사람이 없다.

그런 놈들을 상대로 전면전도 고려하고 있다니.

"물론 전면전까지 가려면 증거가 더 풍부해야겠지. 한 가지 확실한 건 이 뒷광고가 지금 업계에선 만연하다는 거야. 본청에서 지하경제 수준이라 파악하고 있어."

오 과장이 서류를 건넸다.

"이 명단이 주요 기업이다. 대기업보다 중소기업 제품이 더 많아. 특히나 미용 상품이 제일 많이 걸렸는데, 이 중 몇 개는 식약처 안정성 통과도 못 했다. 만약 수사 시작하면……
이 팀장? 너 내 말 듣고 있어?"

과장님이 무어라 설명했지만 서류를 읽던 준철은 이미 눈이 뒤집혀 버렸다.

[마이셀 선크림. 올리버 마스크팩]

의사도 알아내지 못한 급성 두드러기가 왜 생겼는지 여기에 나와 있었다.

"한 과장. 잠깐 얘기 좀 할까?"

"어머 오 과장님. 연락 주시지. 제가 집무실로 찾아뵀을 텐데."

"바쁜 사람 오라 가라 해서 뭐 해. 그냥 몇 가지 물어보고 싶어서 말이야."

"앉으세요. 근데 저 긴장해야 되는 거 아니죠? 난 과장님 얼굴만 보면 괜히 주눅 들더라."

주눅은 무슨. 이미 얼굴엔 전의가 불타오르고 있는데.

그녀는 환한 웃음으로 환대해 줬다. 오히려 긴장한 쪽은 오 과장이었다.

연차로 보면 한참 후배지만, 매사 자신감 넘치는 그녀 앞에선 자신도 묘한 위압감이 느껴졌다.

사실 허위 광고로 30억대 과징금을 때리는 건 누구나 할 수 있는 일이 아니다. 그녀가 방송업계에서 미친개로 통한다는 걸 공정위에서도 모르는 사람이 없었다.

"일단 문제된 스트리머랑 영상들 모두 한국광고재단에 의뢰는 해 놨어. 모니터링은 다 그쪽에서 맡아 줄 거야. 근데……."

"말씀하세요."

"남아날 놈이 없다더군. 우리가 적용한 이 엄격한 잣대를 업계 전체에 적용하면."

뒷광고는 이제 너무 만연해졌다.

안 주는 놈이 바보였을 만큼.

"혹시 수사를 축소해 달라던가요?"

"대놓고 한 말은 아니지만 들어 보면 그래. 한 과장도 알잖아. 돈 받고 맛집 리뷰 써 주는 놈들 이 바닥에 널렸다는 거."

"네."

"그물망이 너무 촘촘하면 영세업자까지 다 걸려들어. 멸치 몇 마리는 포기하는 게 어때?"

그녀는 흐흐 웃으며 답했다.

"그 멸치들 다 모아 보면 고래보다 더 커요."

"……진짜 다 처벌 할 생각이야? 영세업자, 중기들까지?"

"고민 중이에요. 수사 범위를 한정해 버리면 그다음엔 형평성 문제 나와서. 영세업자, 영세웹튜버, 영세블로거 봐주면 뭐 한도 끝도 없잖아요?"

"그럼 대기업들 위주로 치는 게 어때? 이번에 걸린 놈들 가전제품 리뷰로 걸린 것도 많던데."

"전체 사건에 비하면 새 발의 피예요. 가전제품보단 패션, 뷰티, 화장품, 의류 같은 상품이 더 많아요. 대부분 중소기업 상품이고."

대기업은 판로가 다양하다.

지상파 광고, 연예인 협찬, 드라마 PPL.

광고 채널이 다양하니 굳이 뒷광고에 목맬 이유가 없고 이번에 적발된 액수도 브랜드 규모에 비해선 작은 편이었다.

반대로 여기에 사활을 걸었던 중기상품들은 발에 채이다시피 걸렸다.

"솔직히 여기에 걸린 중소기업들. 나처럼 작은 업체는 안 건드린다 싶으니 이래 왔겠죠. 고래가 뭐야, 멸치들 다 모으면 항공모함일 걸요."

본보기가 필요하다.

공정위는 뒷광고를 묵인하지 않는다, 아무리 작은 곳이라도 반드시 색출한다라는 메시지를 줄 수 있는 본보기.

한 과장의 단호한 의지를 확인한 그는 설득을 포기했다.

"한 과장 그 성격은 여전하구나."

"어디 사람 성격 쉽게 바뀌나요. 호호."

"아무튼 너무 빡빡하게 하진 말아 줘. 본청에서 준 조사 범위가 무책임하게 넓은 건 사실이잖아? 우리 쪽 팀장들도 너무 막연해하더군."

"염려 마세요. 저도 팀장들하고 회의 계속하면서 접점을 찾아볼게요."

❧

한유미는 본격적으로 수사에 착수했다.

종합감시국과 안전정보과 열 팀을 차출해 TF를 꾸렸다.

TF는 뒷광고 추산액을 정리해 상위순으로 블랙리스트를 만들었다. 이에 발맞춰 한국광고재단은 대대적인 영상 모니터링에 들어갔다.

뒷광고의 세계는 알면 알수록 요지경이었다.

햄버거 50개, 짜장면 기네스 같은 평범한 먹방에도 각 기업의 신상품이 협찬으로 붙었다. [내돈내산] 썸네일이 붙으면 예외 없이 처음 들어 보는 화장품이다.

신기한 점은 이 홍보가 대부분 먹혔다는 것.

이들에게 언급되면 평범한 음식점도 '가로수길 3대 맛집'이 되었다.

"옌장할. 이게 다 주입식 맛집이었네?"

"이것도 뒷광고였어?"

TF팀은 수사를 할수록 얼굴이 어두워졌다.

본청에서 넘어온 첫 자료엔 600억대 뒷광고였는데, 1차 수사에서 이게 800억으로 늘었고, 한국광고재단에서 넘어온 자료로 곧 900억대 수사가 됐다.

그렇게 1천억 돌파를 앞뒀을 때 한유미 과장이 전 팀장들을 비상소집했다.

"오늘은 가장 근원적인 얘기 좀 해 보자. 이거 어디까지 더 드러냈으면 싶어?"

회의실은 쥐죽은 듯 고요했다.

더 드러내자니 2천억까지 갈 것 같았고, 덮자니 너무 큰 실체를 봐 버렸기 때문이다.

"의견 없어?"

"과장님. 지금 드러난 것만 해도 저희가 감당하기 힘든 수준입니다. 이제 슬슬 수사 범위 줄이고 처벌할 기업 선정하는 게 좋겠습니다."

"사실 이거 다 처벌할 수 있는 것도 아닌데, 너무 판을 키운 것 같습니다."

"어차피 저희 중점 대상은 대기업 아닙니까. 본보기로 몇 놈 잡고 마무리하시죠."

팀장 세 명이 기다렸다는 듯 성토하자 바로 반대 의견이 나왔다.

"그럼 중소기업들은 봐주자는 겁니까?"

"봐주자는 게 아니라 더 큰놈을 혼내야 한다는 거지."

"솔직히 이번 수사에서 걸린 대기업이 얼마나 됩니까? 중소기업 상품이 8할인데."

"그 8할 중에 동네 맛집이 태반이야. 우리가 영세업자까지 치면 분명 뒷말 나와. 공정위가 소상공인 쥐어팬다고."

대기업을 우선 치느냐 중소기업을 우선 치느냐.

준철은 꿔다 놓은 보릿자루처럼 자리를 지켰다.

타 부처라 이 논쟁에 끼고 싶지 않았고, 무엇보다 양쪽 팀장들 말이 다 엄한 소리로만 들렸다.

'요지는 그게 아닌데? 결국엔 그놈들 쳐야 되지 않나?'

준철은 한유미 과장의 반응만 살폈다.

저 사람은 분명 이 회의에서 듣고 싶은 말이 있을 것이다. 표정을 보아하니 아직 그 말은 나온 것 같지 않다.

"아니, 송 팀장은 왜 자꾸 사람 이상하게 만들어? 내가 안 하자는 게 아니라 대기업 먼저 하자니까?"

"액수는 중기가 더 많은데 왜 대기업만 쳐요. 중소기업을 더 규제해야 합니다."

'어느 쪽이야 대체…… 이쯤이면 중재해 줘야 하는 거 아냐?'

둘 다 마음에 안 드는 걸까, 아님 아직 결정을 못 하는 걸까?

언쟁이 더 격렬해지기 직전.

그녀가 서류를 뒤적거리며 실망스런 어투로 말했다.

"대기업을 중점 처벌하자, 걸린 액수대로 처벌하자…… 다 좋네. 근데 끝이야? 다른 팀장들은 더 의견 없어?"

"……."

"유 팀장. 어떻게 생각해?"

"아무래도 소상공인까지 다 잡아들인 순 없으니 현실적으로……."

"그 얘긴 이미 다 나왔잖아. 김 팀장은?"

"……저도 크게 의견이 다르진 않습니다."

대답이 시원찮을 때마다 그녀는 실망한 티를 팍팍 부렸다.

그 살벌한 시선은 이내 준철에게 멈췄다.

"이 팀장. 자기는?"

"······예?"

"우리 TF엔 소속도 없고, 계급장도 없어. 자유롭게 말해
봐."

이 자리의 주인공은 저들 같은데, 꼭 이 싸움에 껴야 하나.

"그······ 꼭 대기업, 중소기업 나눌 필요가 있을까요?"

"무슨 말이지?"

"따지고 보면 소비자를 명백하게 기만한 홍보영상이 문제
잖아요. 내돈내산 같은. 그럼 기업을 중점적으로 처벌할 게
아니라, 스피커들을 처벌하는 게 어떨지."

시큰둥하던 그녀 얼굴이 변했다.

"스피커라면 스트리머들?"

"네. 기업이 아니라 이들을 중점 처벌해야 합니다."

"근데 그 스트리머들 처벌하면 거기서 끝낼 수 없는데?"

"당연히 웹튜브도 처벌해야죠. 어찌 됐건 1차적인 책임은
플랫폼에 있습니다."

그녀의 입술이 씰룩거렸다.

듣고 싶은 대답이 드디어 나오지 않았나.

하지만 회의실 분위기는 그녀의 얼굴과 정반대였다.

"아니 지금 적을 더 만들자고요? 우리가 지금 잡아낸 기업
만 해도 수십 개입니다. 이거 다 처벌할 수 있을지도 의문인

데, 웹튜브를 또?"

"도의적으로 플랫폼에 책임이 있는지 모르겠습니다만 현행법 가지고는 책임을 물을 수 없습니다."

격렬하게 싸우던 두 팀장이 갑자기 합심한다.

준철은 난감한 얼굴을 지으면서도 할 말은 다 했다.

"관련법 규정이…… 없을 리가 없을 텐데요."

"이런 말까진 안 하려 했는데 업무 경험도 없으시면서 뭘 그렇게 확신합니까? 관련법 규정 없어요!"

"정 없다면 이번 기회에 만들어야죠."

"법을 무슨 도깨비방망이로 만들어요? 이거 만들자 하면 내일 당장 나올 것 같아요?"

팀장들이 목소리를 높이자 한 과장이 나섰다.

"구 팀장, 송 팀장. 시시하게 업무 경력 얘기하진 말고. 여기 다들 나보다 경력 많은 사람 없잖아? 이 팀장, 계속해 봐. 무슨 말이지?"

이 한마디로 과장님의 의지는 확실해졌다.

"이런 사태를 업계에서도 예측했을 텐데 관련 규제가 너무 미미하지 않았나 하는 생각이 듭니다. 만약 웹튜브가 뒷광고를 확실하게 규제했으면 이렇게 규모가 커지지 않았을 겁니다."

"설마 웹튜브한테 규제안 만들라고 요구하자는 거야?"

"네. 스트리머를 제재할 수 있는 규제안이 필요합니다. 이

건 그들의 밥줄을 쥐고 있는 웹튜브가 직접 만들어야죠."

이미 회의실이 조용해졌기에 준철이 마저 말을 이었다.

"플랫폼이 이런 자발적 규제안을 만들어 준다면, 굳이 소상공인들 다 처벌 안 해도 업계에 정화 바람 불 겁니다."

한유미는 박수를 쳐 주고 싶었다.

한 시간 내내 듣고 싶어 했던 말이 저 어린 팀장에게서 나왔다.

하지만 다른 팀장들에겐 결코 아니었던 모양.

"과장님! 뒷광고를 준 기업들만 처벌해도 업계 정화시킬 수 있습니다."

"굳이 스트리머들 처벌해서 웹튜브까지 끌어들일 필요는······."

그녀는 다시금 싸늘한 시선으로 두 팀장을 훑어봤다.

"기업들만 친다고 이 문제가 근절돼? 웹튜브 안 치면 결국 수박 겉핥기야. 왜 우리 팀장들은 자꾸 딴소리만 할까?"

"그게 아니라······."

"그럼 두 팀장들이 대책 내놔 봐. 웹튜브가 규제안 만들면 놈들도 밥그릇 무서워서 함부로 뒷광고 안 받아. 아니면 우린 이런 사건 터질 때마다 쫓아다녀야 돼. 뭐가 더 효율적이야?"

회의실은 다시 조용해졌다.

웹튜브.

한국에서 치외법권을 가지고 있는 기업.

국내 스트리밍 시장은 웹튜브의 독무대고, 이는 세계 모든 나라가 겪는 현상이다.

언뜻 보면 독과점이니 규제를 해야 할 것 같지만, 이는 교과서에나 등장할 법한 얘기.

웹튜브를 규제하면 이들과 공생하는 소상공인들에게도 피해가 미친다. 뒷광고만 핀셋처럼 골라내 처벌하면 좋겠지만 그게 현실적으로 가능하겠나?

"무슨 규제든 간에 선의의 피해자는 나와! 그럼 판을 좀 줄이는 것도 고려해 봐야지. 도대체 욕을 얼마나 얻어먹고 싶어서 웹튜브랑 전쟁하재?"

회의가 끝난 후, 구 팀장의 언성은 더욱 높아졌다.

너무나 굴욕적인 회의였다.

새파랗게 어린놈한테 당한 것도 그렇고, 한 과장이 노골적으로 그쪽 편만 들어 준 것도 그렇고.

"송 팀장도 얘기 좀 해 봐. 이건 기업들 중점적으로 쳐야지! 딴따라들 잡는다고 해결되겠어?"

회의 내내 각을 세웠던 송 팀장도 같은 생각이었다.

"나도 좀 의아합니다. 뒷광고는 처벌 기준도 모호한데, 무슨 이 건수 가지고 싸우자는 건지."

"대체 그 자식은 뭐야? 딱 봐도 행시 출신 같아 보이는데."

"2년 차래요."

"뭐? 2년 차?"

"대성그룹 산재랑 YK암보험 그놈이 맡았다나 뭐라나. 굵 직한 사건 몇 번 맡더니 그쪽에선 떠받들어 주나 봅니다."

구 팀장은 더 어이가 없었다.

제아무리 고시 출신이라도 2년 차면 짬소위 아닌가?

"새파랗게 어린놈이 왜 건방 떠나 했더니. 뒷걸음질로 통 통한 쥐 몇 마리 잡았구만?"

"쉿, 그래도 구 팀장님 목소리 너무 크다."

"내가 뭐 틀린 소리 했어? 갑질 사건이야 거기서 거기여도 이 바닥은 우리가 전문가야."

자존심이 상했다.

정말로 화가 났다.

그도 그럴 것이 종합감시국은 원래 이런 부서가 아니었다.

민원이 들어오면 이를 전문 부처에게 넘기거나, 전문 부처 가 인력 요청하면 여기에 보조하는 부서다.

말하자면 공정위의 공익요원 같은 것이지, 건방지게 감 놔 라 배 놔라 할 놈들이 아니다.

대립하던 두 팀장의 의견이 모이자 주변 팀장들도 우려를 표했다.

"한 과장 이번엔 좀 눈이 돌아간 거 같지 않아?"

"나도 그게 좀 불안해. 진짜 웹튜브까지 칠 것 같다고."

"그 양반이면 진짜 한판 붙을 수도 있어. 스트리머들 때려 잡자는 건 웹튜브도 처벌 대상에 올리자는 거 아니야."

앞으로 또 이런 뒷광고 문제가 생기면 수익 창출을 금지하든, 계정을 정지하든 실효성 있는 처벌이 내려져야 한다.

그래야 스트리머들도 뒷광고를 받지 않을 것이다.

근데 과연 웹튜브가 이 방침에 따라 줄까?

"근데 한 과장이면 웹튜브도 꺾을 수 있지 않을까? 솔직히 그 양반 칼춤 실력은 자자하잖아?"

구 팀장이 콧방귀를 뀌었다.

"어디 동네 홈쇼핑이랑 웹튜브를 비교해. 이놈들은 국적부 터가 미국 놈인데."

"그래도 한 과장 커리어가 있는데?"

"두고 봐. 그 커리어 이 한 방에 다 무너진다. 웹튜브는 규 제로 다루지 말고 살살 달래야 돼. 저놈들 규제해 봤자 소상 공인들이 더 우리한테 덤빈다니까?"

구 팀장의 생각엔 변함이 없었다.

광고를 준 기업들만 규제하면 된다.

그것도 큰놈들 위주로.

"그럼 누가 의견을 전달해 봐. 그 여자는 직진밖에 모르잖 아."

공정거래
위원회

"다 같이 가서 이의제기라도 하자. 어차피 천억대 뒷광고다 처벌도 못 할 거야. 우리가 나서야 돼."

쿠데타 기미가 보이자 다시 구 팀장이 말을 이었다.

"과장이랑 팀장이 싸워 봤자 뭣해. 우리만 깨지지. 이건 그냥 그놈만 꺾어 놓으면 돼."

"그 신입 팀장 말이야?"

"그래. 그냥 나만 따라와. 저놈도 그냥 기업 처벌로 끝내자 하면 한 과장 생각도 바뀐다."

사모임

"인사가 너무 늦었죠. 반갑습니다, 구성길 팀장이라고 합니다."

"난 송동수 팀장입니다."

점심 식사를 마치니 소비자안전정보국 팀장들이 떼거지로 몰려와 있었다.

"말씀 많이 들었습니다. 종합국에서 해결사로 통하신다고요?"

"젊은 팀장님이 일 시원하게 잘한다고 칭찬이 자자하더군요."

"근데…… 광고는 갑질처럼 가해자, 피해자가 명확하지 않아 애매한 부분이 있단 말이죠."

잡설이 긴 걸 보니 불편한 얘길 꺼낼 모양.

준철은 웃으며 고개를 끄덕였고, 동요하던 반원들을 자료실로 보냈다.

팀장들만 남게 되자 바로 본론이 나왔다.

"이 팀장님. 옳은 일은 나중에 하고, 가능한 일부터 합시다."

"무슨 말씀인지."

"기업들 위주로 처벌해도 썩은 관행 도려낼 수 있어요. 잔챙이는 풀어 주고 대어에 집중하자는 겁니다. 뒷광고는 받은 놈보다 준 놈이 더 나빠요."

반박할 틈을 주지 않고 구 팀장이 말을 이었다.

"사실 뒷광고 규제 논의는 이전에도 있었어요. 근데 그때마다 들고일어난 게 누군지 아쇼? 매출 10억 이하 소상공인들이야. 대기업들은 광고 판로 많은데, 왜 우리들만 규제하냐고."

"우리라곤 웹튜브 안 치고 싶겠어? 이해관계가 복잡하게 얽혔으니 함부로 손 안 대는 거야. 이 팀장이 이런 부분은 이해 좀 합시다."

준철은 뒷머리를 긁적였다.

아무리 들어도 팀장 간의 의사소통이 아니라 교장선생님 훈화 말씀 같다.

"회의할 때 괜히 우리들만 치사한 사람 됐잖아? 하하."

공정거래
위원회

"하하하."

'뭐가 웃기다는 거야?'

어느새 편해진 두 사람의 말투도 몹시 거슬린다.

아무리 나이가 어려도 고시출신들을 함부로 대하지 않는 게 공직사회 불문율이다. 그런데 은근슬쩍 반말이라니.

상황 파악이 끝난 준철은 마음이 한결 가벼워졌다.

오히려 이런 분위기가 준철에게도 편했다.

"요지는 결국 적당히 하자는 거네요?"

"그렇지. 현실적으로 가능한 수사만. 이름 들어 본 기업들 위주로 처벌해도 이 수사 성공한 겁니다."

"그게 아니라 만만한 놈들만 손봐 주자 아닙니까? 웹튜브 는 너무 부담스럽고."

팀장들의 얼굴이 일순간 굳어졌다.

"기업들만 잡는다고 이거 안 끝나요. 600억짜리 수사가 한 달 만에 천억이 됐어요. 대체 이 상황에서 어떻게 플랫폼을 그냥 놔둡니까?"

더 파면 2천억도 나온다.

플랫폼이 자발적 규제 안 하면 이 만연한 관행을 어찌 뜯 어 고치겠는가.

"플랫폼이 직접 규제안 만들어야지 이 문제 해결이 돼요. 그게 제 생각입니다."

"그러니까 그놈들이 그걸 듣겠습니까?"

"안 들으면 듣게 해야죠."

"무슨 재주로요? 이건 보험약관처럼 국가기관이 개입할 수 없는 문제입니다. 웹튜브가 처벌 규정 안 만들면 강제할 방법이 없어요."

"멱살 잡고 내부 규정 만들었다 칩시다. 그거 안 지키면 그때 가선 어떡할 거요. 또 싸울 겁니까?"

한마디 반박하면 열 마디씩 쏘아 댄다.

이젠 귀에서 피가 흐를 것 같다.

준철은 그들의 넋두리가 끝날 때까지 듣다가 마지막에 툭 내뱉었다.

"못 하시겠으면 자료 저희한테 넘겨주세요. 제가 해 보겠습니다."

ℰ

팀장들과 푸닥거리를 끝낸 후 한적한 사무실.

펜대만 굴리던 준철은 긴 한숨을 쉬며 미간을 짚었다.

딴놈들은 다 돼도, 웹튜브는 안 된다던 팀장들에게서, 문득 옛 생각이 들어서였다.

대마불사(大馬不死)의 원칙.

김성균이 한명그룹에 있을 때 가장 사랑했던 말이다.

분양가를 바가지 씌워 팔아도.

건설사끼리 입찰 담합하다 걸려도.

'대기업 쓰러지면 밑에 있는 하청들은?'이라는 무적의 논리는 아무도 이길 수 없었다.

그렇게 해서 넘어간 비리가 몇 번인가.

회장님의 비자금이 걸리면 해명 대신 경제 위기를 외쳤다. 화력이 부족하면 하청까지 부추겨 원청의 방탄조끼로 썼다.

갑질당하던 하청도 막상 원청이 위험해지면 제일 극성스럽게 들고일어나 줬다.

한데 그 대마불사의 원칙이 여기도 적용될 줄이야.

웹튜브가 가진 인질은 다름 아닌 소상공인들이다.

냉정한 머리로 계산하면 팀장들의 논리가 맞다.

갑질당하던 하청이 원청을 비호했듯, 웹튜브를 규제하면 이와 공생하던 소상공인들이 더 들고일어날 것이다.

그들에겐 유일한 광고 채널 아닌가?

'그냥 나도 못 이기는 척······.'

그런 생각도 잠시 스쳤지만 준철은 고개를 저었다.

앞으로 이만한 규모를 적발해 낼 수 있는 기회는 없을 것이다.

한 과장이 같은 부처도 아니고 다른 팀장들 다 반대하는데 왜 자신의 편을 들어줬는지 준철은 대강 알 것 같았다.

'액수도 크고 연루된 놈도 많아. 뒷광고 규제하기엔 이만한 타이밍 없어.'

준철은 복잡하게 쌓여 있는 서류를 뒤적거렸다.

현재 TF팀이 파악한 뒷광고를 가장 많이 받은 탑5 명단이었다.

[구독자 120만 명, 스트리머 신혜주]
-스튜디어스 출신의 코디 전문 스트리머.

[구독자 150만 명, 스트리머 오미혜]
-아이돌 지망생 출신의 명품 전문 리뷰어.

출신도, 외모도 다른 이들의 공통점은 매 방송마다 비슷한 상품을 리뷰했다는 거다.

이들이 쓰는 내돈내산 리뷰는 같은 채널이 아닐까 싶을 만큼 상품군이 겹쳤다.

'상품이야 겹칠 수 있어도, 홍보 날짜가 이렇게 겹칠 수 있나?'

아무리 봐도 이 다섯 명은 너무 이상하다.

꼭 무슨 계모임이라도 있는 것처럼 상품군이 겹친다.

툭-.

그렇게 세수나 하려 자리에서 뜰 때 의문의 서류가 하나 떨어졌다.

'뭐야, 이건? 김미영?'

공정거래
위원회

2억 짜리 혐의를 받고 있는 웹튜버였다.

먹방 웹튜버였기에 탑5 명단에 포함 안 됐지만 그녀도 최근 행적이 너무 이상했다.

'잔챙이까지 신경 쓸 여유 없다.'

그렇게 준철이 대수롭지 않게 서류를 5인방 위에 올렸을 때.

"윽……!"

또다시 준철의 머리로 두통이 엄습했다.

❦

"다들 어떡할 거야? 이젠 우리도 결정해야 돼."

허공을 가르고 어느 여자의 목소리가 등장했다.

"이미 대답은 정해진 문제 아니야? 진짜로 고민하는 거 아니지?"

주변엔 다섯 명의 여자들이 보였고, 이들의 눈길은 모두 한 여자를 향해 있었다.

다들 어디서 많이 본 인상인데 대체 누굴까?

"좋아, 나부터 말할게. 난 이 조건 좋아. 이 광고 받을 생각이야."

"……근데 언니 뒷광고는 너무 위험한 거 아니에요? 솔직히 우리가 돈이 아쉬운 처지도 아니잖아요."

"영미야. 건당 2천이 우습니?"

"……."

"물론 지금이야 우스울 수 있지. 한 달 열심히 일하면 그 돈은 뽑아 가니까. 근데 그 인기가 얼마나 갈 것 같아?"

꼬장꼬장한 목소리의 그녀가 손가락 세 개를 폈다.

"3년. 이것도 오래 버티는 사람들 얘기야. 특히나 너처럼 먹방으로 뜬 사람들은 2년도 안 돼."

"영미야, 그건 혜선 언니 말이 맞아. 솔직히 너랑 비슷한 시기에 뜬 사람 중에 살아남은 사람 얼마나 돼?"

"나도 먹방 콘텐츠 몇 번 해 봤는데, 진짜 반짝이라서 바로 접었어. 그게 주력 콘텐츠인 넌 더하겠지."

막내로 보이는 여자는 자연스레 고개가 내려갔다.

이쪽 업계에서 먹방은 가장 뜨기 쉽고, 지기 쉬운 컨텐츠로 통했다. 당장 자신만 보더라도 그랬다. 구독자 100만이란 말이 무색하게 이젠 일일 조회 수 10만도 간당간당할 지경이다.

"그냥 눈 한 번 질끈 감고 한마디만 해. 평소 체중 관리는 [오르비 주스]로 한다. 제품 설명이고 효능이고 다 필요 없어. 그냥 다이어트 주스는 이것만 마신다고 하면 돼."

그러던 차에 들어온 이 광고는 도무지 뿌리칠 수 없는 유혹이었다.

이 얼마나 쉬운 비즈니스인가?

먹방 끝나고 이 주스 한 잔 따라 마시는 게 광고주가 원하는 전부다.

"나도 싫다는 게 아니에요. 근데 걸리면 우리 다 끝장나는 거잖아요."

"아이구. 영미야. 언니가 이거 열 번은 설명했다. 이 사람들 다 베테랑들이라니까?"

"진짜 그 방법대로 하면 안 걸리는 거 맞아요?"

저 질문 나오는 거 보니 이미 마음이 움직인 모양.

인상만 잔뜩 쓰던 여자는 표정을 금세 갈아치웠다.

"맞아. 절대로 안 걸리는 거."

"근데 공정위 광고 모니터링은 홈쇼핑도 못 피해 간다는 데……."

"그건 홈쇼핑이니까 못 피해 간 거지. 우리 식대로 돈 받으면 하나님도 못 찾아."

그녀는 친히 서류까지 꺼내 보였다.

"봐 봐. 우리가 이 광고 오케이하면 그쪽에서 영업사원들 월급으로 이 돈 처리할 거야. 그럼 그쪽 회계 자료에 문제 있겠어, 없겠어?"

"……."

"대답 똑바로 해. 나중에 또 물어보지 말고."

"어, 없죠."

"그리고 그 영업사원들이 우리 계좌로 직접 돈을 입금할 거야. 근데 나중에 정말 말도 안 되는 확률로 수사 들어가면 이것도 위험할 수 있겠지?"

영미라는 여자는 고개를 끄덕였다.

"그러니까 차명계좌 하나 만들라는 거야. 광고주는 직원들 월급으로 세탁하고, 우린 차명계좌로 세탁하고. 이렇게 이중 세탁이 들어가는데 이 돈을 어떻게 찾아?"

"근데 만약에 광고주들이 불어 버리면……."

"걔네들이 왜 우리 이름을 대? 만약 뒷광고 들키면 그때부턴 액수를 얼마나 줄이느냐 싸움이야. 상식적으로 걔네들이 우리 이름 팔겠어?"

이것이 의미하는 바는 하나다.

"배신자가 나오더라도 우리 중에서 나오겠지."

"……."

"오르비 쪽에서도 그렇게 말했어. 6명 다 동의하는 거 아니면, 그쪽도 안 한다고. 그러니까 안 할 거면 그냥 확실히 말해."

그리 말하자 슬슬 주변 여자들이 바람을 잡았다.

"영미야. 원래 처음이 힘들어. 이제 와 하는 말이지만 우리 다 이렇게 해 왔고, 한 번도 걸린 적 없어."

"네? 아니 그럼 언니들은 이미 하고 있었어요?"

"거봐. 너도 모를 정도면 말 다 했지? 우리 4년이나 이렇게 해 왔는데?"

"4년요? 그럼 대체 얼마나 받았어요 지금까지?"

"네가 상상할 수도 없는 돈이야. 어느 새부턴 구독자, 조회수도 별로 신경 안 쓰일 만큼."

막내가 당황하자 주변에서 웃음소리들이 들렸다.

"조회 수 수익? 솔직히 난 이제 구독자 수, 콘텐츠 같은 건 신경도 안 써. 어차피 평생 쓸 돈은 다 내 통장에 있거든."

막내의 머릿속엔 조금씩 범죄라는 단어가 사라졌다.

평생 쓸 돈, 컨텐츠 고민 없는 웹튜버. 늘 바라 마지않았던 인생 아닌가?

"혜선 언니, 그런데 나 한마디만 해도 돼?"

막내가 고민하고 있을 때 옆에 있던 곱상하게 생긴 여자가 말했다.

"얘기가 나와서 하는 말인데, 우리 이거 너무 많이 우려먹지 않았어?"

곱상하게 생긴 여자가 묻자 박혜선 얼굴이 험악하게 굳었다.

"늘 잘하다가 왜 이래 얘는?"

"꼬리 길면 결국 밟힌다잖아. 나도 솔직히 요새는 무서워."

"뭐가?"

"저번에 블로거들 단속해서 전부 다 사과문 게시하고 난리도 아니었잖아. 요즘 공정위가 계속 웹튜브, 웹튜브 노래를 부르던데, 좀 위험하지 않아?"

"눈치를 살피자는 거야 아님 아예 하지 말자는 거야?"

"⋯⋯."

"공정위가 그러는 거 하루 이틀 일이야? 그래서 업계에 피바람 불고 그런 적 있어?"

갑자기 분열 조짐이 보이자 그녀의 목소리가 더 카랑카랑해졌다.

막내 스트리머를 다그칠 때와는 차원이 달랐다.

"그렇게들 하기 싫으면 때려치워. 누가 보면 나만 돈 버는 줄 알겠네."

"그게 아니라 요즘 들어 부쩍 걸린 사람들 많아져서 그래."

"그거야 자기 통장으로 직접 받은 멍청이나 걸리는 거고! 그래서 내가 방법 알려 주잖아. 차.명.계.좌. 이거 쓰면 절대 발견될 일이 없다고! 내 아는 사람들은 다 이렇게 해."

그녀는 탁자를 쿵, 치고 자리에서 일어나 버렸다.

"됐고. 난 손 떼련다. 이건 이래서 불안, 저건 저래서 불안. 내가 진짜 베테랑들 수법까지 알려 주면서 왜 이 고생을 사서 해야 되니."

"아니, 언니. 그렇다고 뭘 또 이렇게까지 해. 민정아 네가 말실수했어."

"됐어. 난 안 해."

그녀가 정말 떠날 기세를 보이자 여자들이 우르르 달려들었다.

"어, 언니. 죄송해요. 내가 너무 순진하게 생각했어요. 할게요. 나 땜에 괜히 다들 불안해진 거잖아요······ 뒷광고 받을게요. 나도 끼워 줘요, 여기에."

막내의 돌발 행동에 다들 놀랐다.

"······언니. 나도 미안해. 그냥 업계 뒤숭숭한 거 같아서 푸념 한번 해 봤어."

"아, 솔직히 우린 혜선 언니 덕 많이 봤지. 사석에서 만나면 혜선 언니 듬직하다고 만날 칭찬만 하잖아."

"언니 우리 이거 하자. 앞으로 언니가 하자는 거에 우리도 신소리 안 할게. 응?"

건당 2천짜리 광고.

불안하긴 해도 거절할 수 없는 매력적인 유혹이다. 심지어 뒷광고는 들통난다 해도 처벌이 애매하다고 들었다.

그렇게 한참이나 어르고 달래자 그녀도 표정을 조금 풀었다.

"방금 한 말 꼭 명심해. 자꾸 신소리 해 대면 나도 이 짓 안할 거야."

❧

"어서 오세요. 홍 실장님 오랜만이네요? 호호."

"웃음이 나오십니까, 과장님······."

"운다고 뭐 달라질 거 있겠어요."

한국광고재단 홍 실장은 혀를 내둘렀다.

"솔직히 이번엔 우리도 놀랐습니다. 600억짜리 수사를 두 배로 키우다니."

"칼 한번 힘겹게 뽑았는데 무만 자르고 넣을 수 없죠. 이 1,200억도 전부는 아닐 거예요."

"진짜 2천억까지 가 버리실 겁니까? 대체 웹튜브랑 얼마나 크게 싸우시려고."

"그 얘긴 또 누구한테 들었어요? 우리 팀장들이 가서 투정이라도 부렸나."

"이제는 모를 사람도 없을 겁니다. 근데 진짜예요? 이거 한 번에 터트리고 웹튜브 규제시킬 겁니까?"

"최종 목적은 그건데 일단 주어진 일부터 잘 해치워야죠."

지금은 뒷광고를 명확하게 밝혀내야 한다.

1,200억에 대한 증거를 낱낱이 찾아내고, 이들의 관계가 얼마나 오래됐는지를 밝혀야 웹튜브를 규제할 근거가 된다.

"그래도 우리 홍 실장님 표정을 보니 소득이 좀 있었나 봐요?"

"기대 마세요. 소득이 아니라 벽을 확인했을 뿐입니다."

"벽?"

"그때 말씀하신 그 5인방 있잖아요. 도무지 꼬리가 안 잡히는 놈들."

"네."

"저희가 탐문을 좀 해 봤는데, 수법이 대강 나왔습니다. 보통 기업이 직원들 월급으로 처리하고, 직원이 광고비를 쏴 줬잖아요? 근데 이 5인방은 한 번 더 꼬았어요. 그 받는 통장마저 차명으로 받아 버린 거죠."

한 과장이 입술을 깨물었다.

어쩐지 안 나오더라니!

"그중에서도 이 여자가 제일 요주의 인물이거든요?"

명단을 받자 한 과장 얼굴이 더 일그러졌다.

[스트리머 박혜선]

논현동 출신의 유명 헤어 디자이너인 그녀는 한 과장이 처음부터 예의주시하고 있었던 인물이었다.

"안 받은 광고가 없는데, 기똥차게도 흔적이 하나 없어요. 솔직히 저희 광고재단은 이 여자 캐다가 벽을 느꼈습니다."

"이 여자 말고 나머지 넷은요?"

"흔적이 없는 건 똑같죠. 다들 눈치 봐 가면서 광고 받은 흔적이 보이는데, 이 여자는 아니에요. 단가만 맞으면 들어온 광고는 다 받았지 싶습니다."

주요인물답게 규모가 압도적이었다.

그녀가 올린 영상들을 토대로 뒷광고비를 추산하면 4년 동안 최소 80억. 하지만 이 큰돈을 받으면서도 흔적이 하나 없었다.

"그리고 알아보니 이 여자가 발이 넓어요. 자기 방송에 연예인 스타일리스트 데려오고, 전직 아나운서도 데려오고. 거의 뷰티 채널 사이에선 대모라고 불린답니다."

"그럼 이 여자가 무리를 주도했을 수도 있겠네요? 혹시 이 다섯 명은 서로 아는 사이인가요?"

"아다마다요. 서로 합방한 영상만 10개가 넘습니다. 근데 한 가지 좀 이상한 건…… 이 여자 보이세요? 이 친구는 먹방 하는 친구인데 갑자기 여기 꼈단 말이죠. 똑같이 다이어트 주스를 홍보하긴 했는데, 접점이 안 보여요."

새로운 멤버냐 아님 우연히 끼어든 거냐.

"수법을 보면 이거 분명 한통속인데."

"됐어요, 이건. 이 여자는 뒷광고 의심액이 그리 많지도 않네."

"네. 그건 그렇죠."

"저희 수사는 이 뷰티 채널 대모님 중심으로 할게요. 오히려 잘됐네. 이렇게 거물 하나 걸려 주면 수사 쉽지."

한 과장이 특유의 낙관적 어조로 말했지만, 홍 실장은 단호히 고개를 저었다.

"말씀드렸잖습니까. 저희가 벽을 느낄 정도였다고. 막말로 지들끼리 싸워서 누가 다 불어 주지 않는 한, 이 여자 절대 못

공정거래
위원회

잡을 거예요."

❧

"부르셨습니까, 과장님."

"응 이 팀장. 어서 와. 커피?"

"괜찮습니다. 마시고 왔습니다."

"한 잔 더 마신다고 죽나 뭐. 앉아. 이런 건 원래 남이 타
줘야 더 맛있지."

과장실로 소환된 준철은 좌불안석 눈치만 살폈다.

다른 팀장들도 올 줄 알았는데, 혼자 왔을 줄이야.

"물론 공짜로 타 주는 거 아니고. 나 이 팀장한테 일 좀 더
시켜도 되지?"

그녀가 생긋 웃으며 잔을 건네자 준철이 조심스레 물었다.

"혹시 저만 알고 있어야 되는 일입니까?"

"자긴 진짜 나이답지 않게 눈치 빠르구나. 맞아. 다른 팀장
들한테 아직 얘기하기 조심스러워."

"무슨 일인지."

"한국광고재단에서 모니터링 결과가 나왔어. 1,200억 전
부."

그녀가 서류를 건넸다.

"우리가 추산한 금액 전부 다 뒷광고로 확인됐어. 대부분

은 빼도 박도 못 해. 근데 그 문제의 5인방은 여전히 안 나오네."

"흔적이 아예 없다는 겁니까?"

"표면적으론 아무것도 없어. 물론 뒷광고를 안 받았다는 건 아니고."

명백히 잡힌 놈들이 홍보했던 제품을 그 다섯 놈들도 똑같이 홍보했다.

하지만 기업에서 입금된 내역은 찾을 수 없었다.

"그럼 당연히 차명계좌로 받았겠지, 현금으로 받았거나. 이 팀장은 어떻게 봐?"

준철은 입술이 들썩거렸다.

정체불명의 대화를 듣지 않았더라면, 차명계좌 내용을 몰랐더라면, 반사적으로 튀어 나갔을 것이다.

못 잡은 놈 포기하고 잡힌 놈만 처벌하자고.

"과장님. 하나만 여쭤봐도 되겠습니까."

"뭐든."

"이 사건 정말 일망타진할 생각이신지요."

"무슨 뜻이지?"

"1,200억이면 이미 쥐구멍 다 찾아낸 겁니다. 쥐새끼 몇 마리 놓쳐도 충분히 성공한 수사…… 아닌가 하는."

그녀가 묘한 웃음을 짓다 커피를 홀짝였다.

"몇 마리 놓쳐도 성공한 수사라…… 이상하다? 내가 아는 놈이 아닌데."

"……."

"돌려 말하지 말고 그냥 직설적으로 해. 정말 눈에 보이는 쥐새끼 잡은 마음이 없어?"

"없다기보단 밝혀내기 정말 힘들 겁니다. 당연히 차명계좌로 세탁해서 그 돈 받았을 텐데…… 그럼 영업사원들 계좌 싹 뒤져서 누구랑 연루되어 있는지 전부 파악해야죠. 계좌 압류는 물론 필요하다면 영장도 쳐야 합니다."

이 사건은 내부적으로 반발이 많은 사건이다. 다른 팀장들까지 불렀다면 방금 같은 대답이 나왔을 것이다.

그래서 한번 던져 봤다. 그들이 했을 법한 말을.

'……하셔야죠 과장님. 이건 무조건 계좌 압류하고 영장까지 쳐야 됩니다. 어설프게 치다 끝내면 안 하느니만 못 해요.'

과연 그녀의 대답은 뭘까.

정말 쥐새끼들 다 잡을 때까지 뚝심을 지켜 줄 수 있을까?

"이 팀장. 너 혹시 나 떠보는 거 아니야?"

"……예?"

"듣고 보니 묘하게 이상하네. 수사하기 어려워서 안 된다가 아니라, 하기 어려우니까 제대로 쳐야 된다. 이 말 하고 싶은 거잖아?"

"그 말씀이 아니오라……."

"야! 제대로 말해. 그럼 내가 계좌 압류 도와주고, 영장까지 싹 밀어붙여 주면 이거 잡아낼 수 있어?"

참 사람 다루는 데 능숙한 여자다.

떠보는 걸 간파하고 되레 역으로 떠본다.

"시간만 주시면 못 할 것도 없습니다. 분명히 영업사원들 월급으로 처리했을 텐데, 이들 계좌 까면 당연히 이상한 돈 흐름 잡히겠죠."

"그렇게 깐 계좌랑 이 5인방이랑 어떻게 엮을 거야? 이놈들이 직계가족 이름으로 차명 썼겠어? 친구나 지인같이 연관 없는 사람 나오면 더 골 아파진다."

"그럴 땐 그냥 한 놈만 패면 됩니다."

"뭐?"

"수법이나 뒷광고 받은 상품 종류들을 봤을 때 이 다섯 명은 분명 긴밀한 관계에 있습니다. 이럴 땐 가장 약한 부분 잡고 흔들어야죠. 하나만 무너지면 실체 곧 파악될 겁니다."

사실은 이렇게 단정할 순 없는 문제다.

돈 받은 수법 똑같고, 비슷한 광고 받았다고 어떻게 한 그룹으로 묶을 수 있나?

"이 팀장. 너 되게 무모하구나."

하지만 이는 이대로 한 과장 마음에 쏙 들었다.

가설을 세우고 수사 방법을 제시하는 팀장이 내 밑에 있나? 대부분은 과잉수사가 무서워서 합리적인 의심도 포기하는 놈들이다.

공정거래
위원회

차가운 어투와 달리 한 과장 얼굴은 이미 씰룩거렸다.

"만약 네 말대로 하면 많이 요란해질 거야."

"예. 언론도 눈치채고 금방 붙을 겁니다."

"이길 자신 있어? 난 의혹만 제기하고 결국엔 못 찾아냈다, 이런 기사 읽기 싫은데."

"밑져야 본전입니다. 어차피 저희가 다른 뒷광고 많이 잡아내서 수사 성과 가지고 욕할 사람은 없습니다."

5인방 못 잡아내도 밑질 게 없다.

다른 놈들을 얼마나 많이 잡았는데.

"그리고 과장님. 정확히 말하면 다섯이 아니라 여섯입니다."

"뭐?"

"아마 액수가 작아서 명단에 포함 안 시킨 것 같은데⋯⋯ 이 여자도 오르비 주스 광고했고, 비슷한 수법으로 돈 받았습니다."

준철은 주요 명단에서 아슬아슬하게 빠져나간 나머지 한 명을 지목했다.

구독자 100만, 먹방 전문 웹튜버 김영미.

그녀의 얼굴은 유난히도 뇌리에 생생하다. 양심을 처음 어겼을 때 나오는 오만 감정이 그녀의 얼굴에 있었다.

이들의 실체를 밝혀낼 수 있는 가장 약한 고리다.

"회계 자료를 몽땅? 아, 사업하다 보면 정산 좀 안 맞을 수도 있지! 우리 같은 영세업체가 무슨 뒷광고를 줬다 그래요?"

"직원들 월급 명세서? 당신들 무슨 국세청에서 세무조사 나왔어?"

"못 줘요. 아니 안 줘! 가져가고 싶거들랑 영장 가져오쇼!"

연루된 기업만 수십 곳이 넘는 이 대환장파티는 예상했던 대로 순탄치 않았다.

각 기업에 출두한 전 팀장들은 문전박대당했고, 때론 멱살까지 잡히며 쫓겨나야 했다.

공정위가 요구한 자료는 거의 특별 세무조사 수준이었으니, 순탄히 진행됐다면 그게 더 이상한 일이다.

하지만 완강했던 기업들의 반발은 채 이틀을 가지 못했다.

팀장들이 1차 수사에서 문전박대 당한 다음 날.

한 과장은 기다렸다는 듯 영장을 받아 왔고, 공정위는 경찰까지 동원해 성문을 부숴 버렸다.

"이쯤 되면 그냥 협조하세요. 여기뿐 아니라 지금 의심되는 기업 다 영장 나왔습니다."

그중에서도 가장 큰 격전지는 뒷광고 추산액 1위, 오르비 주스였다.

준철이 압류 자료를 내밀자 사장으로 보이는 사내가 목소리를 높였다.

"회사 규모가 작다고 이렇게 함부로 다뤄도 됩니까?"

"규모랑 죄가 무슨 상관입니까. 대형 홈쇼핑도 이런 일 벌이면 영장 나옵니다."

"작은 죄야 당연히 있겠죠! 근데 우리가 정식으로 광고 제의했는데, 계약자가 표기 누락한 광고도 많습니다."

헛소리도 정도껏 해야지.

내돈내산 후기로 둔갑한 뒷광고가 몇 갠데.

"그러면 이번 수사에서 그 억울한 부분을 밝혀 드리겠습니다. 반장님. 월급 명세서도 챙겨 주세요."

김 반장이 컴퓨터 본체를 뽑자 사장이 극성스럽게 달려들었다.

"아니 직원들 월급 명세서까지 터는 건 너무한 거 아니요!"

"뭡니까, 또?"

"다 좋다 이겁니다. 영업 자료 다 내줄 테니 의심가면 다까 보세요. 근데! 직원들 월급 명세서는 대외비 자료예요."

"도대체 누가 그걸 대외비 자료라 합니까? 전 처음 들어봅니다."

"회사 생활 안 해 보셨으니 당연 처음 들어 볼 수밖에. 아무튼 이건 우리도 못 내줍니다."

사장이 막무가내로 나올수록 준철의 입꼬리만 올라갔다.

이거구나.

재벌 총수들 비자금 상대하다 이들을 보니 꼭 소꿉장난처럼 느껴졌다.

"사장님. 이거 안 가져간다고 우리한테 방법이 없겠어요? 국세청에서 연말정산 자료 넘겨받으면 월급·인센 다 나옵니다."

"그럼 그렇게 하시든가요."

"참 딱합니다. 하루 이틀 시간 끈다고 딱히 대안이 나올 문제도 아닌데. 그러지 말고 그냥 기회 줄 때 말씀하세요. 영업 사원들 월급으로 세탁해서 뒷광고비 보냈죠?"

돈세탁한 방법까지 정확히 거론되자 대표는 주저앉아 버릴 것 같았다.

하지만 이럴 때일수록 목소리는 더 커야 하는 법.

"금시초문입니다. 유도신문해서 괜히 없는 죄 끼워 맞출 생각 마쇼!"

"정 그렇게 나오신다면 그냥 국세청에 요구하지요."

"……."

"단 오늘 이 대가는 톡톡히 치르셔야 할 겁니다. 참고로 우린 지금 본보기가 필요해요. 그 본보기는 반드시 형사처벌까지 시킬 거예요."

준철은 생긋 웃으며 반원들에게 퇴각 명령을 내렸다.

그렇게 사무실 문을 열고 나가려 할 때, 뒤에서 울분에 찬 목소리가 들렸다.

"김 부장! 그냥 가져가라 그래!"

🌀

"뭘 좀 알아냈어?"

"상황이 많이 안 좋은 것 같습니다. 진짜로 저희만 수사한 게 아니더군요. 현재 뒷광고로 의심받는 전 업종에 공정위가 투입됐습니다. 수사 규모가 1,200억대랍니다."

오르비 주스 김석원 사장은 자신의 귀를 의심했다.

1,200억대 수사라니.

뒷광고로 업계가 이렇게까지 시끄러웠던 적이 있던가?

"진짜로 전 업종에 다?"

"예. 매출 10억이 넘으면 맛집까지 털었답니다."

"하아…… 다른 곳은?"

"저희랑 비슷합니다. 직원들 월급 명세서랑 백화점상품권까지 털었다는군요. 아무래도 수법은 다 파악된 것 같습니다."

백화점 상품권까지 털었다는 건 이미 현금 흐름을 알고 있단 뜻.

수법이 드러났으니 잡히는 건 시간문제다.

"김 전무. 우리 뿌린 돈 얼마나 되지?"

"30억 정도 됩니다."

"그중에서 얼마나 걸릴 것 같아?"

"그중 20억은 스트리머 통장에 직접 입금했습니다. 아니면 그들 매니지에 입금했거나."

"나머지는?"

"나머지는 그 사람들입니다. 차명계좌로 입금해 달라 했던 사람들."

"그럼 그 돈은 안 걸릴 수 있단 뜻이네?"

사장님의 돌발 발언에 임원들이 들고일어났다.

"사장님. 설마 수사 협조 안 하시겠단 겁니까? 차라리 이실직고하고 선처를 바라는 게 나은……."

"선처? 상황이 이 지경까지 왔는데, 누가 선처해 준대?"

"……."

"선처라 해 봤자 과징금 몇억 깎는 게 전부야. 근데 우리가 그 몇 푼 깎는다고 돼?"

뒷광고 30억, 이것도 작년 치만 계산한 돈이다.

오르비 주스가 2년 동안 뿌려 댄 돈은 60억을 넘고 이 돈은 업계에서도 손에 꼽히는 액수였다.

회사가 주저앉는 건 자명한 일.

"시답잖은 소리 말고 내 말 잘 들어. 이제부턴 얼마나 숨기느냐 싸움이다."

"……."

"김 부장, 입단속은 자네가 해. 돈세탁해 준 영업사원들한테 뒷돈 챙겨 주고 살살 타일러. 어차피 걔네가 불면 지들만 손해 아니야. 배달부가 그놈들인데?"

"……알겠습니다. 잘 이해시키겠습니다."

사장은 그래도 불안해하는 임원들에게 일갈하듯 말했다.

"이 사람들아 소나기는 그냥 피해 가면 돼. 공정위가 언제까지 저 짓 하겠어? 반짝이야, 반짝!"

⟳

오르비 주스.

마시기만 해도 장 트러블이 개선되고, 노화 방지 효과가 있으며, 살까지 빠지는 종합비타민음료.

안 먹는 것보다 좋은 다이어트가 어디 있겠냐만 이 비타민음료는 출시 1년 만에 완판 행렬을 이어 나갔다.

물론 그 비결은 효능보다 소문에 있었다.

−아셀로티닐? 어? 이거 피부 노화 방지해 주는 성분 아녜요? 물론 제가 잘 아는 건 아니지만.

−나 과민성대장증후군으로 유산균 3년 동안 먹었잖아. 근데 병원 가니까 의사 쌤도 그냥 이거 먹으래.

적절한 허위 광고까지 곁들여 셀럽들이 친절히 홍보를 해 주었기 때문이다.

뒷광고의 세계는 다시 봐도 오묘하다.

알고 보면 저렇게 속 보일 수가 없는데. 모르고 보면 정말 입소문 상품처럼 보였으니 말이다.

아마 그 위력은 저 해시태그에 붙은 '내돈내산'이란 글자 때문이리라.

준철은 그렇게 또 날밤을 새우며 모니터링을 했지만, 한 가지 난관에 봉착하고 말았다.

'아무리 봐도 이 다섯 명이 전부가 아니야…… 액수가 너무 비어.'

오르비 주스는 스트리머 사이에서 안 마신 사람이 없을 정도였다. 하지만 압수한 영업 자료와 명단을 비교해 보면 비는 액수가 너무 많았다.

다섯 명이 받았을 광고비를 넉넉히 잡아도 불가능한 액수다.

'이럼 차명계좌로 받은 놈들이 더 있다는 건데…….'

대체 얼마나 연루되어 있다는 건가?

내가 본 정체불명의 대화도 결국 체급이 가장 큰 다섯 놈이지, 전부는 아니었나?

긴 시간 고민 끝에 준철은 한 가지를 인정해야만 했다.

아무리 공정위가 칼을 빼 들었어도 다 잡아내긴 힘들 것 같다.

'적당히 처벌하고 웹튜브한테 규제안 만들라 해야 돼……
플랫폼이 제재 안 하면 나중에 이런 일 또 일어나.'

그때는 더욱 잡기 힘들 것이다.

범행 수법은 늘 진화하는 법이니까.

"팀장님. 전부 파악했습니다."

그리 결론 내리고 있을 때 김 반장이 보고서를 들고 왔다.

"확인해 보니까 진짜 말도 안 되더군요. 이게 오르비사 작년 임금 내역입니다. 대리급 인센티브가 2억 이상으로 결재되어 있네요."

중소기업 대리사원의 인센티브가 2억이라.

"근데 좀 이상한 부분도 있습니다. 계산해 보면 총 10억이 비는데…… 광고 단가가 건당 몇억씩 하지는 않았을 거란 말이죠."

"대충 얼마나 받았을 것 같나요?"

"많아 봐야 건당 2천? 뭐 하여튼 이것저것 다 계산해도 이 10억은 안 나옵니다."

준철은 씁쓸한 얼굴로 시선을 피했다.

내가 한 생각을 김 반장이 못 하진 않겠지.

"이건 이 다섯 놈들이 끝이 아니라는 겁니다. 어떻게 할까요? 오르비 주스 마신 놈들, 언급한 놈들 싹 다 모니터링해서 더 파 볼까요?"

"어차피 다 못 잡아요. 처벌도 체급이 큰 놈들 위주로 이뤄질 거고."

"그건 그렇죠."

"타 부서는 어때요? 구 팀장님하고 송 팀장님 쪽도 수사 다 됐습니까?"

"네. 투덜거려도 할 일은 다 했더군요. 내용은 저희랑 똑같 았습니다. 다만 그쪽도 비는 돈이 너무 많다고……."

김 반장이 그리 말하자 반원들이 조심히 입을 열었다.

"아무리 넘어가도 비는 돈을 이렇게 둘 순 없는데……."

"맞아요. 차명계좌까지 쓸 정도면 진짜 악질 아닙니까? 반 드시 잡아야죠."

"팀장님. 일단 영업사원들 소환시키죠."

준철은 고개를 저었다.

"그건 나중에 보고요. 일단은 이 여자부터 소환해 주세요."

서류를 받아 든 김 반장은 황당한 얼굴이 되었다.

"이건 누굽니까?"

"김미영이요. 그 웹튜브 채널 이름이 먹깨비였나…… 구독 자가 한 100만 정도 되는데."

"아니, 이번 사건과 연관 없는 사람 아닙니까? 5인방도 아 니고 뷰티 웹튜버도 아닌데. 이 사람 오르비 주스 광고한 거 말고는 별로 연루된 흔적도 없습니다."

정체불명의 대화에서 본 사람이라 할 순 없었기에, 준철은 가장 편한 변명을 찾았다.

"저도 이유는 모르겠는데, 과장님이 특별히 예의주시하라 더군요."

"아…… 한 과장님이 뭐 발견한 내용이 있나 보군요?"

"네. 아무래도."

"뭘 발견한 건지 좀 공유해 주시면……."

"저한테도 함구하는 걸 보니 분명 큰 건 같습니다. 일단 소환해 주세요."

다행히 과장님의 지시라는 말 한마디에 상황은 정리돼 버렸다.

반원들이 뿔뿔 흩어지자 준철이 펜으로 책상을 툭툭- 쳤다.

'이 여자가 식스맨이지. 뒷광고 받을 때 제일 확신 없었고.'

여기까진 정체불명의 대화에서 확인한 내용이다.

하지만 이제부턴 아슬아슬한 유도신문과 넘겨짚기식 수사로 파헤쳐야 한다.

'수위 조절 잘못하면 되레 내가 위험해지는데…….'

해야 되나 말아야 되나 서류를 뒤적거릴 때, 문득 과거 생각이 스쳤다.

-일본 속담에 이런 말이 있지. 빨간불도 여럿이서 건너면 파란불이 된다. 이거 다 업계에서 비일비재한 일이야. 걸려도 그냥 다른 놈들한테 묻어가면 돼.

그녀는 과거의 김성균과 너무나 닮은 여자다.

−능력보다 중요한 게 수완이야! 그냥 남들도 다 받는 광고니까 걱정 말고 해.

구독자 200만 스트리머 박혜선.
이 여자는 반드시 잡아야 한다.

해명 영상

늘 그렇듯 구린내를 가장 잘 맞는 건 서초구에서 하숙생활
하는 기자들이다.

공정위가 기업 수십 곳에 압수수색을 벌였을 때.

영장이 마치 기다렸다는 듯 툭툭 발부됐을 때.

전 기자들이 한자리에 모여 어렵지 않은 결론에 이르렀다.

"이거 기획수사다, 그것도 최소 몇백억대! 공정위가 무슨
자료 들고 있는지 파악해야 돼!"

안테나를 모두 동원하여 알아낸 결과는 그들조차 감당하
기 힘든 수준이었다.

그 시장 규모가 무려 1,200억대.

알 만한 스트리머는 죄다 나왔고, 그들이 홍보한 제품엔

없는 제품이 없었다. 실명이 밝혀지는 건 곧 시간문제.

치열한 취재 열기 속에 명단을 먼저 입수한 언론사는 일제히 이를 특종으로 다뤘다.

[공정위, 뒷광고에 칼 드나?]
[이미 내부에선 TF팀까지 갖춰진 걸로 알려져]
[웹튜버 O씨, P씨, D씨 소환]
[공정위, 뒷광고 시장 최소 천억대로 추정]

이를 기점으로 한국의 보위부라 불리는 네티즌수사대가 출범을 알렸다.

사실 이 사건은 국정원, 경찰보다 이들에게 더 적격인 무대였다.

그 방송을 시청한 주력 소비층이 바로 이들이었으니.

검찰이 패션 브랜드 한 곳을 소환하자 곧 이 브랜드를 한 번이라도 언급했던 셀럽들의 명단이 나돌았다.

같은 방식으로 식품, 음료, 전자제품 등에 불이 옮겨붙었고. 규모가 커지자 이 사건엔 웹튜브 게이트란 이름까지 붙었다.

"여러분 안녕하세요."

그렇게 국민들 관심이 최고조에 달했을 때.

이 사건의 몸통으로 꼽히는 박혜선이 방송을 켰다.

"아이고…… 요즘 저희 업계에 참 말이 많죠? 분위기도 뒤숭숭하고."

의혹 보도 이틀 만에 방송을 켠 그녀는 팬들의 반응이 예전 같지 않다는 걸 여실히 느꼈다.

도네이션 채팅에선 욕만 나왔고, 채팅창은 전부 '해명해'로 도배가 되어 있었다.

　-해명해. 얼마나 받았어?
　-지금까지 내돈내산 리뷰 다 뻥카였음?
　-ㅣㅎㅁㅎ! 오늘은 또 무슨 제품 팔아먹으려고.

"뭐, 여러분들이 가장 궁금해하는 것부터 말씀드릴게요. 나는 아니에요."

　-????
　-?!?!?!

"뒷광고 안 받았다는 거죠. 내돈내산 리뷰는 다 제 돈으로 산 상품이에요."

　-ㄹㅇ?
　-진짜?;;

─말이 되냐 ── 네가 리뷰한 제품 중에 이미 뒷광고 확실해진 상품이 몇 갠데?

"당연히 그중에는 저도 속아서 산 제품도 많더라고요. 말하자면 저도 사실 피해자에 가까워요."

─아……
─대형 웹튜버도 못 피해 갔구나……
─그럼 왜 그간 입 다물고 있었냐? ──

"솔직히 업계 동료들 다 문제 되고 있는데, 나는 안 했다고 밝히기 미안하더라고요. 옳고 그름을 떠나 누구 염장 지르는 것도 아니고. 근데 여러분. 솔직히 제가 받았겠어요? 제 수입 전부가 다 여러분들이 주신 관심과 도네로 이뤄지고 있잖아요. 뒷광고 받고 홍보하면 내가 그런 여러분 등처먹는 꼴이잖아요."

그녀가 자신만만하게 말하자 채팅창 온도는 싹 바뀌었다.

─키야~ 속 시원하다.
─그래. 이게 참된 해명이지.

"난 그렇게 사람 뒤통수치고, 뺏겨 먹는 사람 아니에요. 그래도 물론 조심은 해야겠죠? 관리자분들하고 당분간 영상 내리기로 했어요. 문제 된 기업들은 솎아 내야죠. 아우- 이 말 한마디 하기 너무 힘들다."

–아니에요! 잘못한 거 없음 이렇게 당당히 해명하면 되죠.
–언니, 내린 영상 금방 올려주세요.

"나 함부로 내리면 오해 살까 봐 일부러 해명 방송까지 한 거야. 호호."

–뒷광고 처먹은 놈들아 이 영상 보고 배워라. 이게 해명의 정석이다!
–눈나. 힘내여. ㅇㅅㅇ 수사 규모 크다 보면 선의의 피해자도 생기기 마련……
–얼른 돌아와여! 저 소개팅 메이크업 가르쳐 주기로 하셨잖아요. ㅠ.ㅠ

"미안해~ 언니 오빠들. 더 좋은 콘텐츠 가지고 복귀할 테니까 좀만 기다려 줘용."
카메라가 꺼지자 박혜선은 조용히 담뱃불을 붙였다.
"어휴- 밥 벌어 먹고 살기 힘들다."
일단 호구 새끼들 잠재워 놓긴 했는데, 앞으로가 문제.
수사가 더 확대되면 꼬리가 잡힐지도 모른다. 그렇게 되면 오늘 사과 영상이 흑역사가 되겠지.

'쫄지 마. 이걸 어떻게 잡아?'

그녀는 담배를 종이컵에 지져 끄며 전화를 들었다.

"어, 난데. 방금 내 방송 봤지? 일단 다들 모여 봐."

박혜선은 성격대로 넘어갔지만, 이 사건 때문에 밤잠을 못 이루는 사람도 있었다.

"하아……."

김미영은 인생 처음으로 끌려 온 검찰 취조실에서 손톱을 물어뜯었다.

그깟 주스 한 잔 때문에 이 지경까지 올 줄이야.

시작은 그 주스 한 잔이었지만, 한 번 맛본 선악과는 좀체 끊기가 힘들었다.

처음으로 양심을 어기니 그다음 들어오는 맛집 홍보, 건강 식품 등은 별 죄책감이 들지도 않았다.

그렇게 식음료를 넘어 의상, 메이크업 광고까지 해치우며 뒤로 번 돈이 2억. 적다면 적겠지만 카메라 앞에서 음료수 몇 번 마시는 대가로는 과분한 돈이다.

하지만 막상 취조실에 도착하니 말로 형용하기 힘든 공포 가 엄습했다.

지금까지 쌓아 왔던 인기와 신뢰가 한순간에 무너질지 모른다.

─명심해! 한 사람이라도 배신하면 우리 다 죽는 거야! 절대 우리가 받은 돈은 새어 나가선 안 돼.

흔들릴 때마다 박혜선의 말만 떠올리며 마음을 다잡았다.

"안녕하세요, 김미영 씨. 공정거래위원회 이준철이라고 합니다."

"네. 안녕하세요."

취조실에 들어온 준철은 한눈으로 그녀를 스캔했다.

정체불명의 대화에서 어렴풋 봤던 얼굴 그대로다. 미세하게 떨리는 손짓과 말투는 그녀가 긴장하고 있단 걸 말해 주었다.

"상황 다 아실 테니, 긴 말씀 안 드리겠습니다. 어제 올린 해명 영상. 진짜 사실입니까?"

"……예?"

"어제 해명 영상 올리셨잖아요. 미영 씨는 뒷광고 안 받으셨다고."

"……네. 뭐 문제 있나요?"

"시기가 참 묘하더군요. 박혜선 씨가 처음으로 해명 영상 올리니까 우르르 따라서. 마치 꼭 누구 지령을 받고 움직이는 것 같단 말이죠."

"무슨 말씀 하는지 잘 모르겠는데요."

"그만하시라는 겁니다. 지금 당신 여섯 분들이 저희 주요 수사 대상입니다. 이미 물증 다 잡고 소환한 건데, 왜 뻔뻔한 영상을 올리셨어요?"

침착하려 애썼던 김미영의 얼굴이 완전히 무너졌다.

세상에나! 주요 명단이었다니!

"무, 무슨 말이에요! 전 뒷광고 받은 적 없어요. 그 사람들도 몰라요."

"이럼 얘기 복잡해집니다."

"증거 있어요? 내가 연루돼 있단 증거?"

떨리던 김미영의 목소리가 갑자기 커졌다.

"물론 아직은 없죠. 돈세탁을 참 깔끔하게 하셨더군요. 차명계좌로 영업사원들한테 돈 입금받지 않으셨습니까?"

"마, 말도 안 되는 얘기 하지 마세요. 난 그런 게 뭔지도 몰라요."

"몰랐던 걸 누가 알려 줬잖아요. 그쪽 무리 중에 맏언니, 박혜선 씨라고."

김미영의 입이 떡 벌어졌다.

그 얘기는 부모님도 모르는 얘기다. 그걸 이 사람이 어떻게 알고 있는가?

"저희가 바보는 아닙니다. 지금 여기에 연루된 사람들이 수십 명인데, 정말 한 사람도 이 얘길 안 했다고 생각하세요?"

"누가 그런 말을……."

"돈을 쏴 준 영업사원부터, 그 무리에 있는 동료까지. 지금 엄청나게 흔들리고 있어요. 왜 혼자만 사태 파악 못 하세요."

이미 자백이 나왔다고 떠보자 그녀는 떨리는 손을 주체하지 못했다.

"그래서 저희가 기회를 드리는 겁니다. 미영 씨. 그 사람들 중엔 받은 액수 가장 적으시죠? 수사에 협조해 주면 우리 화살은 전부 그쪽으로 몰릴 겁니다."

"……."

"처음으로 자백한 사람에게 정상참작해 주겠단 겁니다. 과징금 액수 줄여 주고, 언론에도 관련 인물 얘기는 별로 나가지 않을 겁니다."

김미영은 사색이 되었다.

그녀는 이미 네티즌 수사대의 위엄을 절감하고 있었다.

단서가 하나라도 잡힌 스트리머들은 정치깡패 이정재처럼 넷상에서 조리돌림을 당했다.

만약 공정위가 자신을 특정할 수 있는 단서를 계속 흘리면 어떤 꼴을 당할지 자명하다.

"처음으로 자백한 사람…… 이건 무슨 뜻이죠?"

"들으신 그대로예요. 저희가 이 제안을 미영 씨한테만 하는 게 아닙니다."

"설마 이미 자백한 사람도 있나요?"

"기밀이죠. 근데 제가 미영 씨 무리에 대해서 알고 있다는 게 무얼 의미하는지 아실 겁니다."

그렇게 떡밥을 투척했지만, 그녀도 바보는 아니었다.

정말 자백이 나왔다면 수사처가 이렇게 회유를 할 리 없다.

명백한 증거가 안 잡혔거나, 무언가 찝찝한 게 있으리라.

"도통 무슨 말인지 잘 모르겠는데……."

결정적인 순간에 그녀가 핸들을 꺾자 이번엔 준철의 얼굴이 바뀌었다.

"선생님. 혹시 다른 사람들이 절 음해하는 거 가지고……."

"영미야 건당 2천이 우습니. 너는 그 인기가 언제까지 갈 것 같아?"

"……?!"

"언니 죄송해요. 내가 너무 순진하게 생각했어요. 할게요. 뒷광고 받을게요. 나도 끼워 줘요, 여기에."

입을 벌린 채 굳어 버린 그녀에게 준철이 쐐기를 박았다.

"미영 씨. 이게 저희가 받은 식약처 소견서거든요."

"……."

"지금 미영 씨가 홍보했던 건강식품, 화장품 등 품목 5가지가 식약처 안정성 검사 통과 못 했어요. 이게 무슨 뜻인지 아시죠?"

"그, 그럴 리가 없어요! 제품은 다 안전했다고……."

"그렇게 안전하고 좋은 제품을 뒷광고로 팔았을까요? 이 내용 모두 언론에 나가면 이젠 피해 사례 속출할 겁니다."

식약처 소견서를 읽던 그녀는 고개를 떨구다 결국 눈물을 흘렸다.

조금 짠하기도 했다. 아직 그런 비열한 세상을 알기엔 어린 나이인데, 왜 그런 무리들과 어울려서…….

"그럼 혹시 저에게도 책임이 있나요?"

"예?"

"만약 제품 때문에 피해자가 생기면, 저한테도 책임이 있냐고요. 저는 그냥 홍보만 해 준 게 다예요. 저까지 책임져야 되는 건 아니죠?"

하지만 뒤이어 나온 그녀의 말은 준철의 동정심을 산산조각 내었다.

"솔직히 내가 사라고 한 건 아니잖아요. 제품 홍보만 받은 거지."

"……사람 생명에 치명적인 결함까진 아니에요. 까다로운 높이를 충족 못 한 정도지."

"그럼 없는 거죠?!"

"대답을 들어 보고 저희가 판단하겠습니다. 만약 식품 제조에 깊게 연루되어 있으면 당연히 책임이 있겠죠."

"식품 제조에 참여한 적 없어요. 제가 받은 건 뒷광고가 전부예요."

"정말입니까?"

"네. 차명계좌로 받은 거 맞고요. 당시 언니들이랑 나눴던 대화 기록이 있어요. 저희끼리 모여 있었던 단톡방은 폭파했는데 혹시 몰라 대화 기록도 캡쳐해 놨어요."

다급하게 핸드폰을 꺼내는 그녀를 보며 준철이 한숨을 내쉬었다.

왜 몰라 봤을까? 그 무리에 끼워 달라 애원할 때부터 가능성이 보인 여자였는데.

검은 정장에 크로마키 화면.

사과 방송의 정석이다.

초췌한 모습으로 등장한 김미영은 허리를 숙였다. 뒷광고 안 받았다고 해명했던 엊그제와는 완전 딴판이었다.

"안녕하세요, 구독자 여러분. 김미영입니다. 먼저 제가 말주변이 없어 영상을 녹화본으로 찍는다는 거 양해해 주십쇼. 최근 불거지는 논란에 해명하기 위해 이 영상을 올립니다."

그녀는 눈물을 훔치고 준비된 원고를 들었다.

"최근 뒷광고 논란이 불거지며 많은 스트리머들에게 문제가 제기되고 있습니다. 그중 저 또한 오해의 소지가 있는 영상을 게재하였기에 이렇게 알려 드립니다."

"저는 지난 2월부터 지금까지 약 스무 차례에 걸쳐 광고 제의를 받았습니다. 그중엔 현재 뒷광고가 명백해진 여러 기업들도 있습니다. 광고 규정을 준수해 여러분들께 오해가 없는 정보를 전달했어야 하지만 영상을 올리는 과정에서 다수의 실수와 떳떳치 못한 일이 발생했습니다."

"대표적으로 광고 표기 누락 등의 송출 실수가 있었던 것으로 파악되었습니다. 하지만 의도를 했건 하지 않았건 송출 과정에서의 실수는 오롯이 저의 잘못입니다."

"현재 저와 편집팀은 검찰에 소환되었고, 모든 내용을 소명할 계획입니다. 수사에 앞서 이 사실을 팬 여러분께 알려야 한다 생각했기에 이 영상을 올립니다."

그녀는 준비된 원고 막바지에 이르자 끝내 울음을 터트렸다.

"옳고 그름을 떠나 물의를 일으킨 점 진심으로 사과드립니다. 저를…… 저를…… 사랑해 주신 모든 분께 진심으로 사죄의 말씀을 드립니다. 제가 씻을 수 없는 상처를 드렸습니다. 모든 영상을 내리고 긴 시간 자숙에 들어가겠습니다."

❂

"뭐죠, 이 여자?"

"이게 사과 영상입니까?"

반원들의 반응이 곧 준철의 반응이었다.

대체 이 난해하고 알아들을 수 없는 해명은 뭘까?

"뒷광고를 받아서 죄송합니다. 제일 중요한 건 이 말 한마디인데, 무슨 표기 누락을 들먹인데요."

"……그러게요."

"진짜 팬들한테 미안하면 무슨 제품이 뒷광고였는지 해명해야 되는 거 아녜요?"

이하동문이다.

재벌 총수들도 이 상황에선 저렇게 해명 안 한다.

김미영은 이미 뒷광고를 30여 차례에서 받은 사실이 드러났고, 이 중엔 내돈내산 후기로 쓴 다이어트 식품까지 포함되어 있었다.

그 부분은 쏙 빼놓고 마치 모든 사실이 다 표기 누락인 것처럼 호도하다니!

"심지어 우리가 잡은 건 벌써 30개가 넘습니다."

"그것도 20개로 내려쳤네? 팀장님. 이 여자 진짜 자백한 거 맞습니까?"

"네…… 자백은 다 했어요. 근데 팬들 앞에서 인정할 용기까진 아직 없나 보네요."

준철은 김 반장에게 서류를 건넸다.

"이게 그 5인방 단톡 내용입니다."

애매한 사과 영상과 달리 그녀의 자백은 무척 상세했다.

해당 모임이 언제부터 이뤄졌으며, 누가 어떤 차명계좌를 썼는지까지 세세히 나와 있었다.

"이제 영업사원들 계좌 뒤져서 이름 맞추기만 하면 될 겁니다."

"이렇게 보니 더 괘씸하네요. 그냥 언론에 이거 뿌릴까요? 우리가 뒷광고 계모임도 잡아냈다고?"

"맞아요, 팀장님! 해명 영상을 저따위로 올렸는데 정상참작은 과분한 것 같네요."

"……그래도 도와준 게 어디예요. 나머지는 시청자와 팬들 판단에 맡기죠."

그렇게 반원들을 달래고 검찰로 보내자, 무서운 무리들이 등장했다.

안전정보과 팀장들이 또다시 떼거지로 몰려온 것이다.

"오해 마세요. 식약처가 긴급 공지 보내서 전달하러 왔습니다."

"긴급공지요?"

"네. 그때 그 안정성 검사 탈락한 5곳, 아예 판매 정지 처분 내린답니다. 이 중 세 곳은 까다로운 조건을 충족 못 한 정도가 아니라, 유해 성분까지 검출됐답니다."

준철이 헐레벌떡 서류를 뒤지자 구 팀장이 슬쩍 말했다.

"하마터면 제2의 가습기 사태가 될 뻔했습니다."

"그럼 시중에 유통된 이 상품들은……."

"전량 회수해야죠. 반품 조치도 하고. 혹시 몰라 여기 사장-임원들은 출국금지 신청해 놨습니다."

"아이고. 고생 많으셨습니다."

"고생은 무슨요. 이제부터가 시작이지. 돈 흐름은 잡았습니까?"

"네. 연루자 한 명이 자백해서 단톡방 잡아냈습니다. 곧 다 드러날 거예요."

"막힌다 싶으면 이 자료 들고 겁 좀 주세요. 얼마 못 버틸 겁니다."

그렇게 진척 상황에 대해 나눌 때 송 팀장이 슬며시 말했다.

"이 팀장님. 이제 뭐 거의 다 드러난 마당에 묵은 감정은 품시다. 우리가 오해한 부분도 많고 영 마음이 좋진 않았어요."

"별말씀을요. 덕분에 자백 더 빨리 받을 수 있겠습니다. 수사 끝나면 언제 제가 식사라도 대접하겠습니다."

"허허. 우린 또 이런 거 잘 안 빼는데."

"그럼 술은 우리가 사겠습니다. 서로 마무리 잘해 봅시다."

수사가 막바지에 달리긴 한 모양.

처음으로 그들과 웃으며 대화를 나눈 것 같다.

하지만 판매 정지된 상품을 다시 봤을 때, 준철은 다시 그 고통에 휩싸였다.

'마이셀 선크림…… 올리버 마스크팩!'

🌀

–와…… 진짜 얼굴에 철판 깔았구나.

–뒷광고 안 받았다고 해명한 게 엊그제인데.

–그 와중에 뻔뻔한 거 보소. 저게 사과 영상이냐? —— 뒷광고를 받았다는 거야, 아님 광고 표기만 누락했다는 거야?!

비문학 지문 같은 김미영의 사과문은 커뮤니티 사이에서도 단연 화제였다.

흡사 4점짜리 킬러 조항 같았다.

사과도 아니고, 해명도 아니고, 그렇다고 무슨 제품이 뒷광고였는지에 대한 설명도 없고.

도무지 출제자의 의도를 알아낼 수가 없다.

–최소한 무슨 제품이 뒷광고였는지 해명해야 하는 거 아니야?

하지만 업계에 첫 등장한 해명 영상인 만큼 그 파급력은 대단했다.

그녀의 영상을 기점으로 스트리머들이 한둘 사과 영상을 게재하기 시작한 것이다.

"이게 뭐야?! 무조건 잡아떼라며! 이러다 다 죽게 생겼어!"

"나 지금까지 구독자 20만 떨어졌어. 나 어떻게? 이러다 곧 100만도 무너져!"

5인방들의 목소리는 이전과 달랐다.

그도 그럴 것이 팬들의 움직임이 심상치 않았다.

크고 작은 사건에 휘말려도 늘 충심을 보여 주던 팬들이 이젠 싫어요 테러를 가한다. 어찌나 신고를 해 대는지 최근 영상 족족 노란 딱지까지 붙어 버렸다.

"언니. 우리가 해명 영상 올린 게 더 역효과 나는 거 같은데?"

"사람들 아무도 안 믿어. 우리 진짜 어떡해?"

"김미영이 걔 대체 왜 그랬대? 진짜 연락 안 돼?"

5인방은 초조했다. 한 사람이라도 배신하면 이 모임의 실체가 드러날 수밖에 없다.

"언니!"

"왜 이렇게 징징거려. 애새끼야?"

"……뭐?"

"그 돈 안 받으면 누가 너 죽인다고 했니? 아님 너 그 돈 받을 때 나한테 상납한 거 있니?"

"그게 아니라 지금 대책을……."

"이게 어딜 봐서 대책 논의야!"

박혜선이 이리 나오자 나머지 네 명의 여자들은 얼어붙었다.

"네들 말 똑바로 해. 내가 협박했어? 아님 나한테 커미션 줬어? 좋다고 받을 땐 언제고 이제 와 앓는 소리야!"

직설적이지만 늘 듬직했던 맏언니.

그 모습은 이미 사라진 지 오래였다.

"……감정 상했다면 미안. 근데 사정 알잖아. 우리 중에 언니가 제일 이런 쪽에 빠삭한 거. 우리도 서로 말조심하자 이게 꼭 누구 탓도 아닌데."

중간에 있던 여자가 중재하자 박혜선이 긴 한숨을 내쉬며 말했다.

"한 가지만 확실해 말해 줄게. 우리가 쓴 방법은 공정위가 아니라 국정원도 못 찾아내. 다들 상관없는 사람들 계좌 쓴 거잖아?"

"그, 그렇지. 나도 언니 말 듣고 아빠 말고 일부러 친구한테 부탁했어."

"근데 문제는 지금 미영이가……."

"그 얘긴 꺼내지 마. 어차피 서로 앞가림하기 바쁠 테니까."

"안 꺼낼 수 없잖아. 만약 그 애가 우리 얘기 실토했으면……."

"영선아. 너 같으면 꺼냈겠니? 자기가 받은 의혹 해명하기도 바쁜데, 남 이름을 팔겠어?"

그녀가 목소리에 힘을 줬다.

"설사 자수한다 해도 걔가 아는 건 새 발의 피야. 그냥 떨거지 하나 나가떨어진 거 가지고 왜 호들갑을 떨어?"

"······그래도 업계 돌아가는 꼴을 봐. 지금 다들 해명하고, 영상 내리고 난리잖아."

"차라리 이게 다행인 거야. 중구난방 털어 대야 시선 분산되지. 만약 우리만 걸렸으면 진짜로 죽었다, 우리."

그녀의 말에 설득됐는지 어느새 무리들은 고분고분해졌다.

"그러니까 내 말 잘 들어. 아직 해명할 때 아니야. 딴 놈들 더 나와서 무뎌지면 그때 슬며시 숟가락 얹으면 돼."

"······진짜 그래도 될까?"

"정 불안하면 일단 댓글 막아 놓고 공지로 글 올려. 김미영 봤지? 해명은 딱 그 수준의 원론적인 얘기여야 돼."

뒷광고를 받았다, 라고 시인하면 게임은 끝이다.

몇몇 영상들에 광고 표기 누락이 있었다. 이번 기회에 영상을 다시 검토하겠다. 해명은 딱 이 수준에 그쳐야 한다.

"그리고 검찰도 꼬리 하나 잡았으니까 이제 곧 우리한테도 소환장 날아올 거야."

"소, 소환장? 그럼 우리 깜빵가는 거야?"

"그건 구속이고 우린 그냥 참고인 소환! 검찰에 가서 몇 시간 조사받고 나오면 돼."

공정거래
위원회

"아…….."

"근데 소환될 때 절대로 혼자 가지 마. 반드시 변호사랑 동석해. 우리도 우리한텐 불리한 진술 안 할 권리 있거든? 그냥 변호사 혼자 대답하게 시키고, 네들은 입도 뻥끗 마."

취조실 얘기가 나오자 벌써부터 떠는 여자도 있었다.

한심스러웠지만 박혜선은 고개를 저었다. 변호사 동석시켜서 취조하면 적어도 말실수는 안 하겠지.

"그리고 마지막으로 한 가지 더. 이게 가장 중요해. 지금부턴 각자도생이다."

"그, 그게 무슨 말이야?"

"무서우면 그냥 혼자 죽으라고. 어차피 공정위에 들킨다 해도 애네들 이거 다 못 알아내. 상식적으로 이 돈을 다 어떻게 알겠어? 한두 놈 걸린 것도 아닌데. 근데 우리끼리 이름 팔면 결국 다 드러난다."

"……."

"한 놈 배신하면 정말 다 죽는 거야. 그러니까 죽을 거면 혼자 죽어."

↻

그렇게 자리를 파하고 나온 뒤.

"네, 변호사님. 저 박혜선이에요. 다름 아니라 그때 드린 말씀 때문에 연락했는데."

박혜선은 은단을 씹으며 차에 올랐다.

"그러니까 꼭 검찰이 소환 안 해도 갈 수 있다는 거죠? 네, 그 자진출두. 아니 제가 아는 얘기가 좀 있는데 수사 협조하면 정상참작 되는 걸로 알고 있어서요. 해서 말인데 혹시…… 변호사님이 검찰과 의견 조율 좀 해 주실 수 있어요?"

만족스런 대답을 들었는지 그녀의 얼굴이 한결 밝아졌다.

"아무렴요. 제가 이 마당에 거짓말하겠어요? 나 아는 얘기 정말 많아요. 그러니까 처벌 수위만 좀 어떻게 해 주세요. 아, 그럼 그럴까요? 제가 아는 자료 변호사님께 먼저 보낼게요."

전화를 끊은 그녀는 길게 한숨을 내쉬었다.

미안하지만 어쩔 수가 없다.

침몰하는 타이타닉호에서 살아남으려면, 각자도생해야지.

"진짜예요? 비밀자료를 가지고 왔어요?"

"그렇다니까요. 저희 예상대로 뒷광고 모임이 여기 하나가 아니었습니다. 그 여자가 모든 자료를 다 들고 왔어요."

준철은 점심도 먹다 말고 사무실로 복귀했다.

핵심 연루자자 모든 증거를 가지고 갑자기 자백해 버릴 줄이야.

"저희가 먼저 계산해 봤는데 이러면 비는 액수가 좀 맞아떨어집니다."

"혹시 5인방과 비슷하거나 더 큰 놈들도 있었습니까?"

"아니요. 그 5인방에 비하면 다 피라미들입니다. 근데 머릿수가 많아 범죄 수익금 합산하면 엇비슷합니다."

그 명단을 확인한 준철은 미간을 짚었다.

이 여자와 연이 닿는 사람들은 모두 차명계좌로 뒷돈을 받았다.

하지만 스쳐 간 사람들만 30명을 넘었고 그 액수는 몇십부터 몇백까지 다양했다.

"이런 걸 당연히 공짜로 넘기진 않을 것 같고."

"네. 정상참작 얘기를 꺼냈다는군요."

"뭐랍니까?"

"그건 책임자랑 직접 만나서 얘기하겠답니다."

이런 보물을 들고 왔으니, 당연히 시시한 조건을 걸진 않을 터.

준철은 넥타이를 매고 서류를 김 반장에게 넘겼다.

"반장님, 이 명단 정리해서 전 팀장님들한테 전달해 주세요. 저 검찰 갔다 오고 다시 말씀드리겠습니다."

◌

"어떤 사람입니까?"

"웃긴 여자예요 아주. 마침 오늘이 소환장 날리는 날인데 자진 출두해 버리더군요. 변호사 끼고 와서 이거부터 건넸습니다."

검찰청에 도착하니, 담당 검사도 혀를 내둘렀다.

"저희도 처음엔 놀랐습니다. 이게 맞나 싶어서 몇 번이나 확인도 했고."

"혹시 더 큰 범죄가 연루된 거 아닙니까? 그걸 숨기기 위해서 미리……."

"저희도 여러 가능성을 생각해 봤는데 그건 아닌 듯 보입니다. 솔직히 이거보다 더 큰 범죄가 어디 있겠어요? 무슨 뒷광고 감추려고 사람을 죽인 것도 아닐 테고."

"그럼 순순히 다 자백한 건가요?"

"네. 딴 놈들 차명계좌까지 다 깠습니다. 근데 중요한 거 몇 개 물어보니 계속 엄한 대답을 해 대더군요."

검사는 취조실 문 앞에서 귓속말을 했다.

"결국 정상참작 큰 거 원한다는 뜻일 겁니다. 만만한 여자 아니니 조심하세요."

검사는 경고를 하고 취조실 문을 열었다.

그 안에는 도저히 자백범으로 보이지 않는, 짙은 화장에 우아한 치장을 한 여자가 기다리고 있었다.

"혹시 공정위?"

말투도 전혀 자백하러 온 사람이 아니었다.

◐

"했던 얘기를 얼마나 또 시켜 대는지 원. 벌써 네 번째예요. 선생님은 검사님께 얘기 다 들었죠?"

"확인은 다 했습니다. 근데 자진 출두 하셨다고요?"

"네. 사실 되게 많이 고민했어요. 광고 표기 누락한 실수도 있었고, 더러는 나쁜 짓도 있었고…… 그래도 고심 끝에 정도로 가기로 했어요. 이게 제 진정성 어린 반성이라 생각해 주세요."

뭘까? 저 언밸런스한 말과 태도는?

진부하지만 눈물 정도는 보일 줄 알았다.

마음에도 없지만 싹싹 비는 척은 할 줄 알았다.

하지만 그녀는 검사의 소개대로 입으로만 반성하고 있었다.

"아마 나쁜 아니라 알 만한 사람들은 다 이렇게 차명계좌로 빠져나갔을 거예요. 막히는 사람이 있으면 저에게 말씀해 주세요. 아는 선에서 다 말씀드리죠."

"괜찮습니다. 어차피 저희 처벌은 체급이 가장 큰 주요 인물들에게 집중될 겁니다."

한마디 툭 긁었더니, 그녀의 인상이 순식간에 변했다.

"주요…… 인물?"

"아시다시피 천억대 수사 아닙니까? 광고 규정이 애매했던 측면도 있으니, 적당한 건수는 훈방 조치될 겁니다."

"그건 제가 납득이 안 되는데요. 아니, 수사에 이렇게 형평성이 없어도 되는 거예요? 100만 원 훔치나 200만 원 훔치나 결국은 같은 도둑 아닌가요?"

준철은 씩 웃으며 그녀를 응시했다.

"그러지 말고, 가격 먼저 불러 보세요."

"예?"

"자백하러 온 게 아니라 거래하러 오셨잖아요. 이 명단 대가로 저희가 뭘 봐드렸으면 좋겠어요?"

당황하기도 잠시.

어차피 밑장 다 본 거, 이렇게 나와 준다면 오히려 환영이다.

눈알을 굴리던 그녀는 고개를 더욱 꼿꼿이 들었다.

"선처해 주세요. 방금 말씀하셨듯 광고 규정이 애매한 부분도 있었잖아요."

"그러니까 어떤 선처요?"

"……저도 봐주세요. 훈방이나 벌금으로 끝내 주시면 저도 사과 영상 올리겠습니다."

준철은 기가 찼다.

살인 사건 자백해 놓고 집행유예로 끝내 달란 격이다.

"지속성, 고의성, 수익 규모. 우린 이 세 가지 기준으로 처벌 수위 결정할 겁니다. 근데 박혜선 씨를 어떻게 벌금으로 끝내요?"

"그러니까 제가 어려운 자료 들고 온 거 아니겠어요? 이거 다 파 보세요. 우리 업계에선 이거 비일비재했던 일이에요."

"그중에서도 규모가 유난히 크시던데."

"남들 다 하고 사니까 나도 해도 되는 건 줄 알았죠."

준철이 서류를 쓱 내밀었다.

"차명계좌는요? 이것도 남들이 다 해서 한 겁니까?"

"이것도 제가 뭐 알아서 했겠어요? 방송 선배들이 알려 주니까 나도 어깨너머로 배웠지. 난 솔직히 주변에서 하도 해대니 해도 되는 건 줄 알았어요."

"말씀하신 것과 달리 차명계좌까지 쓴 사람은 별로 없었습니다."

"있어요. 찾아보면 많아요. 공정위가 못 찾는 거지."

"그럼 박혜선 씨한테 이 방법을 알려 준 사람은 누굽니까?"

"그건…… 기억이 잘 안 나요."

"그게 말이 됩니까? 이 명단을 다 들고 온 게 누구신데?"

"……."

"흥정 길게 할 생각 없습니다. 이거 가져오신 이유 그냥 말씀하세요."

남에게 배운 여자가 아니다. 남에게 알려 줬던 여자다.

준철이 틈을 주지 않자 그녀의 얼굴도 달라졌다.

"좋아요. 저도 변호사님께 자문 들었어요. 제 혐의가 표시광고법 위반이라 했나? 5억 이하의 과징금이라더군요. 근데 저 과징금 이렇게 크게 못 내요."

준철이 고개를 갸웃거렸다.

"절반만 알고 계신 것 같은데요? 5억 이하의 과징금 혹은 2년 이하의 징역입니다."

"시간 없다고 할 땐 언제고 말씀 길게 끄시네? 선생님, 나도 알 건 다 알아요. 뒷광고 몇 개 받았다고 기소 처리까지 할 건 아니잖아요?"

"……못 할 것도 없는데요."

"아니 그럼 날 형사고발 하겠다고? 도대체 걸린 놈이 몇 명인데?"

"그래서 지속성, 고의성, 수익 규모 세 가지로 판단한다는 겁니다. 박혜선 씨는 각 항목에서 만점을 받은 사람이에요. 이번 처벌의 기준점이 될 겁니다."

대화가 또 길어질 것 같자 준철이 바로 서류를 내밀었다.

"그리고 우리가 파장을 고려해서 아직 언론에 공개 안 했는데, 이게 식약처 소견입니다. 한번 직접 읽어 보세요."

박혜선은 떨리는 손을 주체할 수 없었다.

식약처 빨간 도장이 다섯 개.

내돈내산 후기로 방송했던 상품들이 모두 식약처 검사에서 탈락해 있었다. 그것도 높은 기준치를 통과 못해서가 아니라 유해성 검출 사유로.

정신없이 서류만 뒤적거리는 그녀를 보고 준철은 마음이 놓였다.

그래, 사람이면 이걸 보고도 저리 당당할 수 없지.

"……유감이네요."

하지만 뒤이어 나온 그녀의 말은 걸작이었다.

"이 부분은 나도 속았네요. 세상에 이런 제품을 어떻게 광고 요청했을까."

"이보세요…… 무슨 남일 얘기하듯 하는데, 이거 본인이 광고했습니다."

"그래서 유감이라고 말씀드렸잖아요. 나도 이런 제품일 줄 몰랐어요."

기가 차서 말도 안 나왔다.

김미영은 최소한 눈물이라도 보였는데.

"그 제품 본인이 팔아 줬습니다. 본인 팬들이 이거 보고 샀다고요."

"핸드폰 광고했는데, 핸드폰이 터지면. 모델 잘못인가요?"

"……."

"도의적으로 정말 유감이에요. 근데…… 엄밀히 말해 여기까진 내 책임 아니죠. 솔직히 내가 팬들한테 사라고 등 떠민 건 아니잖아요."

그녀는 뻔뻔한 얼굴로 말을 이었다.

"좋아요, 그럼 기소하세요. 대신 저도 수사에 협조한 게 있으니 과징금이라도 협상하시죠."

"협상?"

공정거래
위원회

"1억. 1억은 제가 기꺼이 낼게요. 사과 영상 게시하고, 관련 영상 모두 다 내리겠습니다."

"본인이 챙긴 대가는 10억이 넘지 않나요?"

"그걸 다 고려해서 낼 수 있는 게 1억이에요. 과징금은 이쯤에서 마무리해 주세요. 아니면 저도 형평성 문제 계속 제기할 겁니다."

그제야 준철은 그녀가 이해되었다.

이 여자는 자백을 하러 온 게 아니다. 물귀신 작전을 쓰러 온 것이다.

연루된 놈들이 많으면 많을수록 스포트라이트가 분산되겠지. 팬들의 관심을 돌리는 것은 물론, 처벌 협상도 할 수 있는 일타쌍피다.

거기까지 깨달으니 왜 이런 무리한 요구를 하는지도 이해가 되었다.

"어차피 밑천 다 드러났겠다, 이젠 방송 복귀도 요원하겠다. 그래서 이걸 퇴직금으로 챙겨 달라?"

"……그래요 그냥 퇴직금이라고 합시다. 나도 비빌 언덕은 있어야죠."

"그럼 과징금 더 내야겠는데요. 횡령·배임으로 쫓겨나는 놈치곤 너무 두둑합니다."

"제가 드린 자료가 그 값어치는 할 겁니다."

준철은 이 무의미한 대화를 그만하기로 했다.

잃을 게 없는 놈 상대해 봤자 더 추한 꼴만 볼 것이다.

"그럴 거면 이 명단 그냥 가져가세요. 못 본 셈치고 우리가 밝혀내겠습니다."

"아니 지금……."

"단가가 맞아야 서로 거래를 하죠. 우리가 확인한 뒷돈만 10억인데, 어떻게 과징금 1억에 끝냅니까."

"그럼 뭐 전액 몰수라도 하겠다는 거예요?"

"최소 절반은 부과해야죠. 적당히 넘어갈 요량이었으면 이렇게 시끄럽게 수사도 안 했습니다."

그리 말하며 일어나자 갑자기 날카로운 웃음소리가 들렸다.

"하하. 엄살 부려 주니까 진짠 줄 아나 보네. 퇴직금이라."

준철이 시선을 돌리자 그녀가 소름 끼치는 웃음을 짓고 있었다.

"선생님. 나랑 내기할래요?"

"더 할 말이 남았습니까?"

"세 달 아니 한 두 달? 나 자숙 겸 휴가 즐기다 돌아오면 금세 또 원래대로 돌아갈 겁니다. 그때 되면? 이 사람들 아무도 이거 기억 못 해. 왜 자꾸 엄한 데 힘을 쓰지?"

그녀는 자리에서 일어나 뚜벅뚜벅 걸어왔다.

"괜히 국민들 관심 쏠리니까 뭐라도 해야 될 것 같고…… 근데 다 처벌하자니 감당은 안 되고…… 용쓰지 마. 막말로 이 바닥 키운 건 당신들이야. 본보기로 몇 명 처벌한다고 욕 안 먹겠어?"

솔직히 할 말이 없었다.

시간이 지나면 잊혀질 거란 말도, 시장이 너무 커져서 다 처벌할 수 없을 거란 말도.

"과징금 협상은 나중에 더 해 봅시다. 자료는 놓고 가 드릴게요. 제발 나한테만 이러지 말고 다른 사람도 똑같이 다뤄 주세요. 난 구독자가 많아서 남들보다 광고 제의가 더 많았을 뿐이에요."

그리 말하며 그녀가 취조실을 먼저 떠났다.

대화 첫 마디부터 느꼈지만 이 여자는 공정위를 두려워하지 않는다.

검찰 취조실을 동네 카페로 생각하는 여자다.

'기분 더럽네. 처벌 수위 약할 거라는 거 이미 알고 있나.'

딱 하나 두려워하는 게 있다면 웹튜브겠지.

❧

"김성균 씨, 그…… 자세는 좀 똑바로 고쳐 앉지 그래? 여기가 동네 다방도 아니고."

"검사양반. 그만합시다. 영장 기각된 거 보면 알잖아? 이 사건 어차피 재판까지 못 간다는 거."

"뭐?"

"벌써 같은 얘기만 다섯 번째요. 내부 계열사에 일감 몰아 준 적 없어. 당신들이 잘못 파악한 거야."

검찰 취조실엔 수없이 들락거렸지만 아직까지 그날은 똑똑히 기억한다.

검사 앞에서 처음으로 시건방을 떨어 봤던 날이었으니까.

"이게 일감 몰아주기가 아니다? 부회장 지분이 99%인 자회사로 갑자기 일감 다 밀어줬던데?"

"믿을 만하니까 일 줬소."

"설립 2년 차 회사가? 헛소리 말고 그냥 솔직하게 말해. 한명그룹 지금 승계 작업 들어갔지? 아들들 회사로 일감 몰아주면서 기존 하청들 털어 냈잖아."

정확히 맞는 얘기였다.

"아니야."

라고 우기면 끝나는 문제기도 했고.

"이봐, 진짜 검찰이 진짜 삐꾸로 보여?"

"그럼 그냥 상속 작업이라 칩시다. 2세들 횡령 비리 사건도 아닌데 뭐 대수라고."

"대수? 네들이 일감 몰아주면서 털어 낸 하청이 몇 갠 줄 알아?"

"그걸 꼭 알아야 됩니까."

아직도 그 담당 검사의 얼굴은 잊을 수가 없다.

공정거래
위원회

"기소할 테면 하쇼. 과징금 몇 천 나오면 내지 뭐. 근데 당신도 잘 알잖아. 이거 법대로 가도 처벌 미미하다는 거."

"앉아! 누가 함부로 일어나래!"

"앞으로 괜히 겁준다고 영장 신청하는 짓 그만하쇼. 우리도 선순데 무슨 그거에 쫄 줄 아나? 알아들은 줄 알고 이만 일어납니다."

그때 그 검사는 무슨 기분이었을까?

❧

"유해 성분까지 검출된 마당에 솜방망이 처벌로 끝낼 순 없습니다. 이 5인방은 중죄로 다스려야죠."

"처벌 수준이 국민 눈높이를 맞추지 못하면 되레 저희가 욕먹습니다."

"일부 여론은 이미 저희를 질타합니다. 사태가 이 지경에 이르기까지 공정위는 뭐 했느냐고…… 보여 주기식 수사라 해도 이 5인방은 기소 처리하는 게 좋을 것 같습니다."

박혜선의 자백으로 모든 정황이 완성되었다. 이제 남은 것은 관련자 처벌.

실체가 명확해지자, 이번 사건에 소극적이던 팀장들도 강력 처벌을 주장했다.

하지만 준철은 회의에 좀체 집중할 수 없었다. 아직도 그 여자에게 느꼈던 굴욕감이 지워지지 않았다.

　－고작 이거 가지고 기소는 무슨! 어차피 난 두 달 있다 돌아와.

　뒷광고로 기소당한 사례는 아직 대한민국에 없었다.
　안타깝다. 방송국처럼 거대 '법인'이었다면 처벌 수위가 셌을 텐데.
　지금은 10억짜리 도둑 하나를 잡은 게 아니라, 천만 원짜리 도둑 100명을 잡은 격이다.
　아마 이런 모든 상황을 알고 있으니 취조실에서 그리 당당했겠지.
　"이 팀장!"
　"예, 예?"
　"어떻게 하면 좋겠냐고."
　"아…… 그게 저."
　"얼씨구. 이제 수사 막바지라고 회의에서 졸아? 고작 야근 몇 번 했다고 젊은 팀장이 그러면 어떡해."
　한 과장의 핀잔에 주변에서 웃음이 터졌다.
　회의라곤 하나 사실 오늘 이 자리는 TF해산식이나 다름없다.
　시급하고 어려운 문제가 다 끝났으니, 다들 얼굴에서 여유가 느껴졌다.

"차명계좌 쓴 놈들 어떻게 할 거야? 박혜선이랑 이놈들 싹
다 기소해?"

"과장님. 이 팀장 대답이야 빤하지 않습니까? 우리 TF에서
가장 강경파가 누군데."

"맞습니다. 회의 내용 구태여 다시 설명할 필요도 없을 겁
니다."

하지만 준철의 답변은 모두의 예상을 깼다.

"……기소한다 해도 검찰 쪽에서 유예할 것 같습니다."

"기소유예?"

"예. 전체로 봤을 땐 크지만, 개인 단위로 보면 크지 않으
니까요. 피해 정도, 반성, 수사 협조 등을 고려해 봤을 때 기
소 단계에서 정리될 겁니다."

한 과장이 고개를 갸웃거렸다.

"그렇다고 이렇게 싱겁게 끝내? 망신 한 번 톡톡히 줄 수
있는 이슈인데, 써먹는 게 좋지."

"냉정하게 말해 박혜선 자백으로 이 차명계좌 명단 다 파
악했습니다. 자백을 했는데도 저희 처벌이 과하면, 나중엔
이런 자백도 안 나올 겁니다."

굴욕감은 차치하자. 그녀가 도움이 됐던 건 사실이다.

어차피 기소해 봤자 유예로 끝날 거 모양 뺄 필요 있겠나.

"그리고 이 5인방들 기소하면 형평성 문제, 안 나올 수가

없습니다. 그럼 그때부턴 누굴 얼마나 처벌할지 가지고 또 골머리 앓아야 합니다."

준철이 의외의 말만 계속하자 팀장들도 웅성거렸다.

국민 눈높이에 맞춘 처벌도 중요하지만, 더 중요한 건 형평성과 공정함이다.

"다른 팀장들은 어때?"

"듣고 보니 이 팀장 말도 일리는 있습니다. 그 여자가 이거 안 가져왔으면 저희 아직도 수사했어야 하니까요."

"그래도 상징적인 놈들은 좀 강하게 처벌해야죠. 하다못해 차명계좌 쓴 놈들이라도."

"아서. 차명계좌가 대포통장도 아니고. 처벌 수위 미미한 건 마찬가지야."

"어차피 안 될 싸움이면, 적당히 봐주는 척하는 것도 나쁘지 않네요."

그 뒤 사소한 논쟁이 오가긴 했지만 결론은 쉽게 모였다.

"봐줄 건 봐줍시다. 대신에 불법 수익은 전부 다 추징해야죠."

"벌·과징금은 최대치로 부과하겠습니다."

한 과장은 고개를 끄덕이며 서류를 나눴다.

"그럼 각 팀장들이 기업들 범위 나눠서 벌과징금 매겨. 연루된 놈들 많아서 형평성 문제 끊임없이 나올 거야. 논란 나오면 안 되는 거 알지?"

공정거래
위원회

"네. 근데 과장님. 식약처 경고받은 상품들 회수는……."

"우리 공정위 내에 대기하고 있던 다른 팀장들도 거들 거야. 싹 다 회수하는 건 물론 반품 처리도 문제없게 해."

"알겠습니다."

그렇게 회의는 막힘없이 끝났지만 준철은 한 과장의 부름에 남아야 했다.

"담당 검사한테 직접 들었어. 그 여자가 까탈 심하게 부렸다면서?"

"……죄송합니다."

"그것 때문에 그런 거면 그냥 허심탄회하게 말해 봐. 박혜선이 진짜 기소 안 해도 돼?"

"그 여자가 까탈 부려서 드린 말씀은 아닙니다. 이 여자가 자백해 줘서 수사 빨라진 건 사실입니다. 덕분에 못 잡은 명단도 잡았고요."

한 과장은 고개를 끄덕였지만 아직 찝찝함을 지우진 못했다.

"그럼 오늘 왜 그렇게 뚱한 표정으로 있었는지 설명해 봐."

"아무래도 그 여자도 아는 모양이더군요."

"뭘?"

"저희 처벌이 미미할 것을요. 자기가 내고 싶은 벌과징금 액수도 구체적으로 제시했습니다. 1억. 아마 이 돈도 변호사랑 다 상의하고 내린 결론일 겁니다."

뒷돈으로 챙긴 돈은 10억이 넘는데 얼마를 과징금으로 매길 것이냐.

법에는 5억 이하의 과징금으로 명시돼 있지만, 진짜로 5억을 받아내긴 힘들다.

"이 팀장이 생각하는 적정가는 얼마야?"

"많아 봤자…… 2억? 3억? 솔직히 이 금액도 재판까지 가면 장담 못 합니다."

선례라도 있으면 좀 좋으련만.

애석하게도 이번 사례가 처음이다. 지금 내리는 처벌이 앞으로의 기준점이 되겠지.

"실효성이 없다 이거지? 어차피 남겨 먹은 돈이 더 많으니까?"

"네. 솔직히 과징금도 이 여자에겐 그리 아픈 처벌이 아닐 겁니다."

진짜로 단죄할 수 있는 방법.

애석하게도 그건 공정위에 없다. 검찰에도 없고.

"결국 웹튜브 쳐야 된단 얘기군."

한 과장은 어렵지 않게 말했다.

어차피 여기까지 생각하고 이 사건 키워 온 것 아닌가.

이번 사태에 가장 큰 분노를 표출하는 건 시청자들이었고, 그들도 플랫폼 규제의 필요성에 대해 절감하고 있었다.

솔직히 이미 여론은 많이 기울었다.

이 역대급 사건을 두고 세간에선 웹튜브 게이트라 불렀다.

"어떻게 했음 좋겠어? 이 팀장이 생각하는 구체적 규제안 있나?"

"뒷광고 적발시 0개월간 수익 창출 정지, 혹은 계정 정지. 이게 그들에게 요구할 수 있는 가장 큰 대책입니다."

"0개월이 구체적으로 몇 개월인데?"

"그건 좀 여지를 남겨 두면 어떨까 하는…… 먼저 그쪽에서 어떤 반성문 가져오는지 지켜보시죠."

한 과장이 웃었다.

"차라리 고양이한테 생선을 맡기지. 걔네들한테 규제안 가져오라하면 분명 또 헛소리 늘어놓을 텐데."

"웹튜브도 안팎으로 눈치를 보고 있으니 막무가내로 나오진 않을 겁니다."

한동안 생각하던 한 과장은 고개를 끄덕였다.

이미 쏟아진 뉴스가 상당하고, 앞으로 쏟아질 뉴스는 더욱 상당하다.

웹튜브 놈들도 분명 이를 의식하고 있겠지.

"좋아. 그럼 자료 정리해서 웹튜브 가자. 아, 그놈들은 내가 직접 상대할 거야. 자기가 따로 준비할 필요 없어."

"네. 근데 그…… 바로 가실 겁니까?"

"왜? 호랑이 잡으러 가는데 방망이 하나만 달랑 들고 갈까 봐?"

"그건 아닙니다만."

"걱정하지 마. 엽총에 덫 깔고 산에다 불까지 피울 거야. 호랑이들 안 내려올 수 없을걸."

그녀는 생긋 웃으며 서류를 건넸다.

늘 느끼는 거지만 어쩔 때 보면 참 소름 끼치는 상사다.

해맑게 웃는 얼굴로 어쩜 저리 오싹한 얘길 잘할까.

한 과장은 전략가였고. 주어진 기회를 함부로 쓰지 않았다.

웹튜브를 단순히 힘으로 누르는 게 아니라, 그 사전 작업을 치열하게 해냈다.

공정위는 박혜선 명단을 언론에 슬쩍 흘리며 예열 작업을 시작했다.

　[공정위, 차명계좌 상당수 발견]

　[파도 파도 끝이 없는 수사, 어디까지……]

범죄 사실이 모두 공표되며 어떤 웹튜버인지 특정할 수 있는 단서가 언론에 떠돌았다. 이미 불붙은 여론에 부채질 하는 격이었다.

하지만 이는 겨우 사전 작업의 시작.

[식약처, 관련 상품 중 다수 유해 성분 검출]
[공정위, 고의성이 다분한 뒷광고]
[근본적 대책 없이는 영원히 근절할 수 없는 문제]

한 과장은 부채질로도 모자라 아예 기름통을 들이부었고, 여론은 걷잡을 수 없이 험악해져 갔다.

−아니, 이딴 상품을 팔아 왔다는 게 말이 돼?!
−대체 관련 당국은 뭐 했냐? 이게 무슨 애들 불량식품도 아니고!
−엄정 조사해라! 시중에 유통된 상품 다 회수하고, 환불 조치도 시켜!

이 보도는 열혈들이라 불리는 콘크리트 팬층까지 단숨에 무너뜨렸다.

생명에 위험할 수도 있단 상품이란 생각에 국민들도 완전히 돌아서 버렸기 때문이다.

심각성을 느낀 웹튜버들은 엉덩이에 불 붙은 듯 사과 방송을 올렸지만 팬들은 이미 싫어요 테러단으로 변한 지 오래였다.

심지어 그 해명 영상에도 끊임없이 신고가 이어졌다.

그렇게 수사가 정점에 이르렀을 때 한둘 이 문제의 근본적인 원인을 떠올리기 시작했다.

　-이쯤 했으면 웹튜브도 공범 아니냐?!

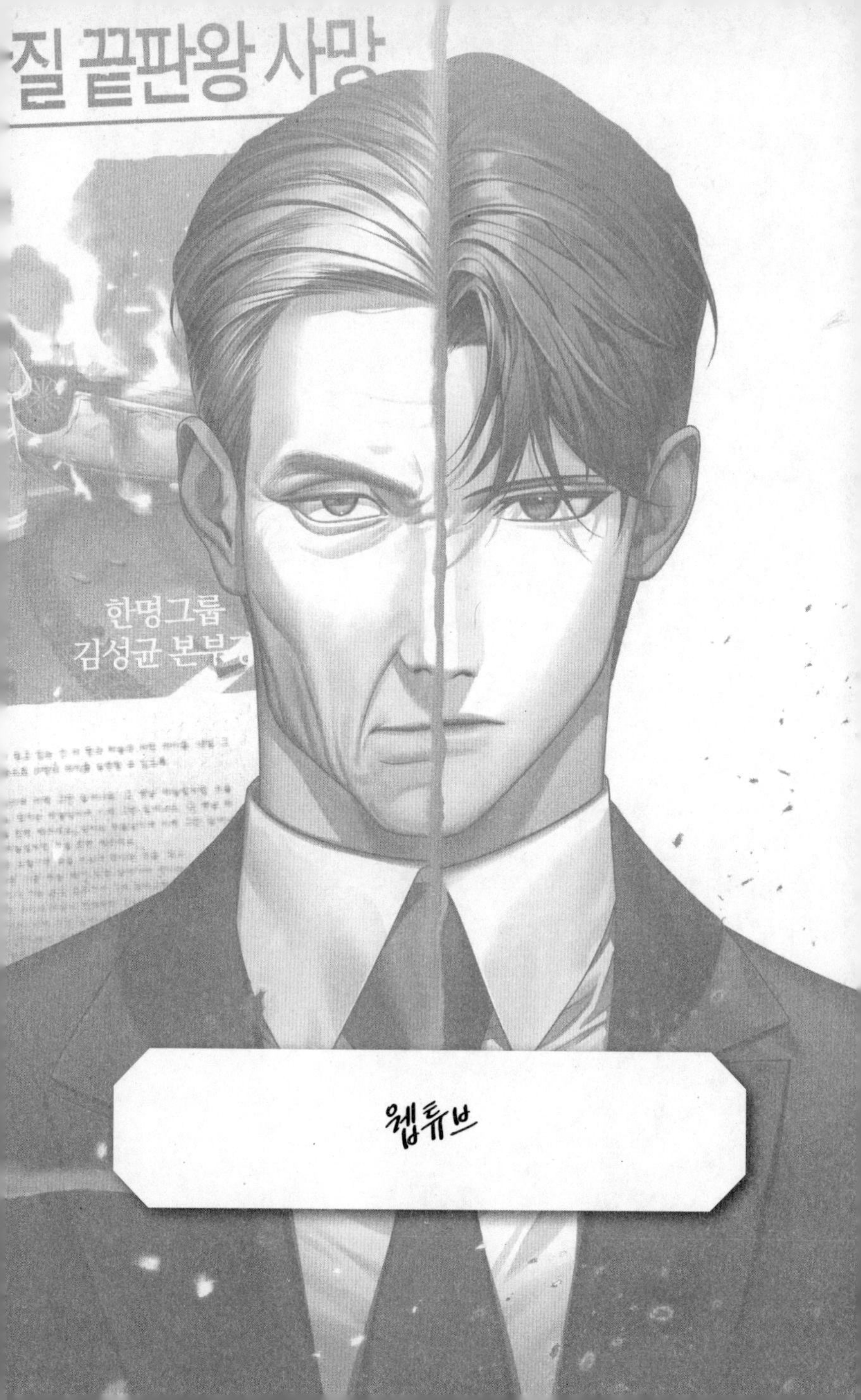
질 끝판왕 사망
한명그룹
김성균 본부
웹튜브

"어떻게 됐어?"

"……못 덮을 것 같습니다. 이번에 걸린 스트리머들 모두 다 사과방송하고 자숙했습니다."

"진짜로 저 돈이 다 사실이야?"

"예. 저것도 사실 저희 내부 조사에 비하면 적게 잡힌 겁니다."

웹튜브 한국 지사 김기택 사장은 참담한 얼굴을 감추지 못했다.

스트리머 비난 여론이 어느새 플랫폼 책임론으로 바뀌어가고 있다. 드러난 액수가 웬만한 재벌 비리에 버금가는지라 발을 뺄 수도 없는 지경이다.

"식약처 안전성 조사는 뭐야? 그것도 확실해진 거야?"

"······예. 다섯 개 상품에서 유해 성분이 검출됐다 합니다. 해당 상품은 이미 공정위에서 회수 조치가 들어갔습니다."

"사장님. 이젠 저희도 대비를 해야 할 것 같습니다. 여론이 이렇게 달아올랐는데, 공정위가 그냥 넘어갈 리 만무합니다."

공정위의 다음 타깃이 누구인지는 너무도 명확해졌다.

그러지 않아도 늘 '규제, 규제' 노래를 부르던 놈들이다. 칼춤 추기 딱 좋은 분위기를 그냥 넘어가진 않겠지.

하지만 의문점이 남는 부분도 있었다.

음으로 양으로 연락 한 통은 했을 법한 놈들인데, 왜 아직까지 잠잠할까?

"구체적인 의견들 꺼내 봐. 다들 생각해 놓은 것 있을 테니."

긴 정적을 깨고 한 사내가 말했다.

"외람되지만 사장님. 저는 지금 공정위가 흥정하는 것 같습니다."

"흥정?"

"언론에 계속 우리 망신 줄 자료 흘리면서도 정작 연락 한 통 없지 않습니까? 이건 저희더러 알아서 반성문 가져오란 뜻이겠지요."

"그래서 지금 그 반성문에 뭘 쓸까 말해 보라는 거 아니야."

"아니죠. 이럴 땐 상대 패를 먼저 까 봐야죠."

"상대 패? 공정위 대답 기다리자는 거야?"

"예. 분명 저쪽에서 원하는 수위가 있을 겁니다. 추후 이런 문제에 대해 엄정 대응하겠다. 저희가 이렇게 원론적 대응을 하다 보면 곧 그들이 원하는 바를 말해 줄 겁니다."

일단 반성하는 시늉만 해 보자 라는 제안은 매력적이었다.

말장난하다가 안 통하면 그때 규제 수위를 논해도 늦지 않다.

"사장님. 저 말이 맞는 것 같습니다. 이 문제 깊게 들어가면 결국 수익 창출 금지나 계정정지 얘기까지 나올 텐데, 온갖 민감한 문제들 아닙니까?"

"앞세울 수 있는 변명 많습니다. 섣불리 광고 규제하면 소상공인들에게도 피해가 미칠 거다, 이러면 당국도 저희 함부로 못 건듭니다."

선의의 피해자 들먹이는 건 진부하지만 늘 먹히는 방법.

김기택 사장은 팔짱을 꼬더니 고심에 잠겼다.

어차피 규제 수위 가지고 공정위랑 긴 줄다리기를 해야 할 건데, 우리 패를 먼저 깔 필요가 있을까?

상대 반응 봐 가면서 대응하면 더 유리하지 않을까?

"김 이사."

"예."

"그 의견 좋네. 그럼 자네 말대로 한번 해 봐. 원론적인 발표."

"알겠습니다. 근데 대강 수위는 어느 정도로……."

"말해 뭐 해. 앞으로 이 상황을 좌시하지 않겠다, 엄정대응하겠다. 하지만 소상공인들에게도 미칠 피해를 고려해 다각적으로 검토하겠다. 딱 이 수준이어야 돼."

본디 범행이 명확해지면 변명 대신 경제 위기를 외치는 법이다.

현 상황에서 웹튜브가 살아남을 수 있는 유일한 방법은 바로 소상공인들이었다.

"처음 뵙겠습니다. 웹튜브 한국 지사 김기택입니다."

"공정위거래위원회 한유미 과장이에요."

"일단 앉으시지요. 인사가 많이 늦었습니다."

일주일 뒤.

웹튜브는 원론적인 발표를 떠들었고, 한 과장은 소수정예 팀장들을 데리고 웹튜브에 방문했다.

푸근한 인상으로 손님을 맞는 김기택과 달리 한 과장의 얼굴은 차갑기만 했다.

기껏 반성할 시간을 줬는데, 그따위 하나마나한 발표를 들었으니 그럴 수밖에.

"먼저 죄송하단 말씀을 드리고 싶습니다. 최근 벌어진 일
련의 사태에 대해 저희 임원진들도 책임을 통감합니다."

"그래요?"

"네. 광고 표기 규정이 애매해서 저희가 제재 못 한 부분
도 있고, 어떤 이들은 아예 고의적으로 누락시킨 사례도 있
더군요."

"김 사장님, 우리 오늘 아는 얘기 또 들으려 온 거 아니에
요. 문제점이 다 드러났으니까, 플랫폼에서도 어떤 대책이
나와야 할 텐데. 도통 반응이 없어요?"

한 과장이 굳은 얼굴로 말하자 그가 딴청을 피웠다.

"저희가 이틀 전에 밝혔듯, 이 문제를 좌시하지 않겠습니
다. 추후 같은 문제 발견 시 엄정 대응하겠습니다."

"그러니까요. 그 엄정 대응이 뭔데요."

"……."

"뭐 좀 실효성 있는 제재안이 나와야 하는 거 아니에요?
말만 심각하게 고려하겠다 하면 그 사람들이 뒷광고 안 받
나요?"

예상했던 반응이었지만 그녀의 거침없는 태도 때문인지
숨이 꼴깍 넘어갔다.

"안 그래도 그 부분에 대해 말씀드리고 싶었습니다."

"들어 봅시다."

"저희도 다각적으로 검토했는데 이 문제를 가지고 무슨 계정을 정지하거나 수익 창출을 금지하거나 하는 안은…… 현실적으로 어려울 것 같습니다."

"왜죠?"

"소수의 탈선 행위를 막자고 전체를 규정하면 선의의 피해자가 생기기 마련입니다. 아시다시피 저희 웹튜브 광고는 소상공인들이 주류 아닙니까?"

한유미는 코웃음이 나왔지만 반박 않고 들었다.

"공중파가 PPL 규정 어겼다고 드라마 방영 말라는 격이죠. 함부로 규제하면 자칫 업계 전체가 위축될 수도 있습니다."

"선의의 피해자라…… 그럼 앞으로는 어떻게 하실 건가요?"

"알다시피 이번엔 위법인 줄도 모르고 위법을 저지른 사람들이 많았습니다. 수익 창출을 신청하는 신인 크리에이터들에게 관련 법 교육을 시켜 재발하지 않도록 하겠습니다."

"또요?"

"에…… 그리고. 저희도 모니터링 보안관을 신설하겠습니다. 이들로 하여금 광고 표기 누락된 영상을 찾고, 저희 쪽에서 계도를 하겠습니다."

"또요?"

그로부터 하나 마나 한 규제안이 세 개나 더 나왔다.

엄밀히 말하면 규제안도 아니었다.

크리에이터들에게 교육을 실시하겠다. 업계 모니터링을

강화하겠다. 광고 표기법을 준수하겠다 등의 영양가 없는 얘기들이었으니.

"그래서. 또요?"

그렇게 한유미 과장이 다섯 번을 물은 끝에 김기택 사장은 얼굴이 굳어졌다.

"……이게 저희가 생각하는 최종 방안입니다. 혹시 구체적으로 원하시는 게 있는지요."

"제일 중요한 '처벌'안이 없잖아요. 그랬는데도 뒷광고가 적발되면 어떡하실 겁니까."

"그건 저희 내부 규정에 따라 계도 조치를……."

탁—!

"그러니까 그 내부 규정이 뭐냔 말입니다. 지금까지 우리 이 얘기 했어요. 수익 창출 금지, 계정 정지, 아이디 영구 정지. 이런 실질적 처벌안이 뭡니까?"

"……."

"그런 것도 없이 계도 조치한다고 해결되겠어요. 설마 우리 반응 봐 가면서 수위 조절할 생각은 아니죠?"

정확히 맞혔기에 말문을 잃었다.

하지만 재앙은 거기서 그치지 않았다.

"읽어 보세요."

뒤이어 한 과장이 내민 서류를 봤을 때 그의 표정은 완전히 돌변했다.

"아니, 이게 뭡니까? 저희한테 왜 과징금을……."

"우린 이번 사태를 웹튜브에도 책임 물을 겁니다."

"채, 책임을 묻다니요. 엄밀히 말해 이건 저희가 관여된 일이 아니잖습니까."

"홈쇼핑에서 허위 과장 광고하다 걸리면 방송국에도 처벌이 가해집니다. 여기로 따지면 그게 바로 플랫폼이겠네요."

"아무리 그래도 이건……."

변명할 틈도 주지 않고 그녀가 자리에서 일어났다.

"지사장님. 이쯤 되면 아시잖아요. 강력한 처벌 규제안 나와야 되는 거. 아니면 저희가 진짜 국정감사 열어 드려요?"

"예? 국감요?"

"플랫폼이 자발적 규제안 안 가져오면 당연히 정치권 힘 빌려야죠. 이런 사안엔 여야가 따로 없다는 거 아시죠? 우리가 국감 청구하면 아마 서로들 하겠다 할 겁니다."

"……."

"명심하세요. 우린 독점 기업이라 봐주는 거 없고, 미국계 기업이라 쩔쩔매는 거 없습니다. 반드시 실효성 있는 대책 가져오시기 바랍니다."

그녀는 '청구인' 칸만 비어 있는 국감 청구서를 남기고 홀연히 떠났다.

이를 보는 김기택 사장의 얼굴은 걷잡을 수 없이 무너져 내렸다.

공정거래
위원회

준철은 그녀가 왜 방송국에서 미친개로 통하는지 실감할
수 있었다.

세상에 국감이라니!

되고 안 되고를 떠나 추진하겠다는 것 자체가 엄청난 압박
이다.

"어디서 엉큼한 짓 하고 있어. 반성문 가져오랄 때 가져왔
어야지."

"그러게 말입니다. 지금쯤 대답이 나오고도 남았을 시간인
데."

"표정 보니 저희 대답 먼저 듣고 수위 조절하려던 모양입
니다."

웹튜브 본사를 나오자 그녀가 다시 팀장들에게 시선을 돌
렸다.

"구 팀장. 식약처 경고 상품 회수하는 거 얼마나 걸릴 것
같아?"

"시중에 풀린 물건은 다 회수했습니다. 진짜 문제는 반품
인데…… 이건 시일이 좀 걸릴 것 같습니다."

"고생해야겠네. 그럼 먼저 들어가. 이거 소비자 피해 최소
화해야 하니까, 그 방법도 좀 고민해 보고."

"예."

"송 팀장. 적발된 놈들 처벌은?"

"액수가 크지 않은 위반자는 벌금이나 계도(훈방) 조치로 끝낼까 합니다. 물론 사과 방송과 게시물 내리는 조건으로 요. 다만 차명계좌 썼던 놈들에 한해 과징금까지 내릴 생각입니다."

"좋아. 그럼 차명계좌 이용자 명단만 정리해서 내일 올려."

그녀는 팀장 하나하나에게 지시를 내린 후 먼저 보냈다.

그렇게 마지막인 준철의 차례가 되었을 때, 짙은 한숨을 내보였다.

"웃기는 놈들이지? 이 사건 공중파나 케이블에서 터졌으면 싹싹 비느라 바빴을 텐데 말이야."

"……예. 솔직히 좀 많이 의외였습니다."

"어때 보여? 난 저 꼬락서니 보니 진정성 있는 대책 절대 안 나올 것 같은데."

준철은 머뭇거리며 머리를 긁적였다.

"같은 생각인가 봐?"

"진정성 있는 대책 가져올 타이밍은 이미 지난 것 같습니다. 이젠 저희가 강제할 수밖에……."

그리 말하자 그녀가 서류를 건넸다.

한눈에 훑어 본 준철은 놀란 얼굴이 되었다.

"과장님. 이거 진심이십니까?"

"뭐 그리 놀라? 이 정도 규제안은 있어야 앞으로 뒷광고 안 받지."

"그건 그렇습니다만…… 웹튜브가 이 정도까지 해 줄까요."

"안 하면 국감 끌고 가야지. 이 팀장 말대로 이번 수사는 박혜선이 덕분에 빨리 끝난 거야. 다음 타자들은? 이거보다 더 교묘해지겠지."

그걸 방지하려면 밥줄을 쥐고 있는 웹튜브가 강한 처벌안을 만드는 수밖에 없다.

"솔직히 난 이 정도도 별로 과한 규제라고 생각 안 해. 이 팀장은?"

"저도 과한 규제라고 생각지는 않습니다. 과장님 말이 맞는 것 같습니다."

한 과장은 싱긋 웃더니 나머지 서류도 건넸다.

"그럼 이거 웹튜브에 전달해."

"알겠습니다."

"다시 말하지만 두 번 기회는 없다. 이 규제안을 받아들이든가, 아니면 국감장에 끌려 나와 얻어터지든가. 둘 중 하나야."

❧

"이건 너무한 거 아닙니까."

"저희가 드릴 말은 없지만 이러면 선의의 피해자들이 생길 수밖에 없습니다."

한 과장의 규제안을 전달하자 지극히 예상했던 반응이 돌아왔다.

솔직히 그럴 만도 했다.

뒷광고 1차 적발 시 60일 정지, 2차 180일 계정 정지.

준철도 예상 못 한 고강도 규제다.

"이번 사태를 빌미로 아예 방송 규제 하겠다는 거 아닙니까?!"

"우리한테 과징금 매기는 것도 다 여론에 보여 주려는 거잖아요!"

"그러지 말고 현실적으로 조율해 봅시다. 이럼 정말 선의의 피해자까지 나와요."

또다시 한심한 변명이 시작되자 준철도 참지 않았다.

"뒷광고 청탁받은 사람들 중에 선의의 피해자가 어디 있었습니까?"

"짜잘하게 들어가면 실수로 광고 표기를 누락했던 사람들도 있었습니다."

"실수를 빙자해 고의적으로 누락시킨 거겠죠."

"그렇다고 어떻게 이리 무지막지하게 처벌합니까. 물건 훔치면 손목을 자른다, 이런 법안 있다고 절도가 사라지는 건 아닙니다. 이건 너무 과잉 처벌입니다."

공정거래
위원회

그러게 반성문 가져오라 할 때 가져왔었어야지.

며칠 전만 해도 꼿꼿했던 놈들이 이젠 죽상이 됐다.

"그래서 이렇게 조건을 다는 겁니다."

준철은 나머지 자료를 건넸다.

"뒷광고 수익금이 1천만 원 이하일 시 웹튜브 내부 규정대로 처벌하세요. 물론 지나치게 가벼우면 저희가 또 내부 규정에 간섭할 수밖에 없습니다."

"그러지 말고 저희 쪽 안도 검토해 보시지요. 1차 적발 시 30일 정지, 2차 적발 때 60일 정지를 시키겠습니다."

"그게 어떻게 징계입니까? 어차피 뒷광고 걸리면 한두 달 자숙하잖아요. 휴가 실컷 다녀오는 게 계정 정지입니까."

한 달 정지는 실효성이 전혀 없는 처벌이다.

딱 한 달 쉬고 다시 방송 복귀하겠지. 2차로 걸린다 해도 두 달 휴가가 되는 것뿐이다.

심지어 쉬는 동안에도 조회 수 수익금은 계속 나온다.

준철이 단호하게 잘라 내자 한 사내가 눈치를 살피며 손을 들었다.

"그럼 한 가지 여쭤볼 게 있습니다."

"말씀하세요."

"만약 뒷광고 3차 적발 때는……."

"당연히 영구정지죠. 뒷광고를 세 번이나 걸렸는데, 개선의 여지가 있겠습니까?"

앞으로도 고칠 의지가 없는 놈이겠지. 이런 놈들은 영구 퇴출 말고는 방법이 없다.

준철은 떼떼거리는 임원들을 뒤로하고 김기택 사장을 힐끗거렸다.

'여우짓 하네?'

지금 임원들이 지껄이는 말은 다 김 사장의 마음의 소리들이다.

이쯤 했으면 중재하고 고개를 숙일 법한데 왜 한마디 말이 없을까? 진짜로 더 밀어붙이면 된다고 생각하는 건가?

그리 생각할 때 수상한 움직임이 포착됐다.

김기택 사장이 한 임원에게 고갯짓을 보내자 갑자기 다른 얘기가 나왔다.

"당국의 의중을 존중합니다만 과한 것도 사실입니다. 서로 생각 차가 크니 적당히 절충했으면 하는데요."

"말씀하세요."

"징계 기한을 더 늘리겠습니다. 1차 적발 시 45일, 2차 적발 시 120일. 그리고 계정 정지 기한에는 수익 창출도 금지시키겠습니다."

처음 안건보단 진정성이 보였지만 기분은 더 나빴다.

이놈들이 수위 가지고 협상하려 드는 게 명백해졌다.

"여전히 문제의 심각성을 인지 못 하는 것 같습니다?"

"공정위야말로 저희들 난처한 처지 이용하지 마십쇼. 말씀

했듯 도둑놈 손목 자른다고 절도가 사라지는 거 아닙니다."

"이게 손목을 자르는 수준의 처벌입니까? 도둑질하지 말라고 두 번 경고해도 안 들으면 사회랑 격리시켜야죠."

고마운 줄도 모르는 놈들이다.

같은 문제가 홈쇼핑, 지상파, 케이블 티비에서 벌어졌다면 뼈도 못 추렸을 텐데.

"하나 마나 한 규제안 들고서 할 거 다 했다 할 거면 이 대화 그만하십쇼. 진짜 국감까지 한번 가 봅시다."

"아니, 꼭 그렇게 끝을 봐야겠습니까."

"그건 내가 묻고 싶은 말입니다. 우리 공정위가 의원실에 팩스 한 통만 붙이면 이거 무조건 국감 열릴 수 있는 문제예요. 충분히 경고했는데 이렇게 나오는 건 우리가 못 할 거 같아서죠?"

그리 말하며 준철이 일어날 때였다.

"그만. 다들 그만들 해."

시종일관 침묵을 지키던 김기택 지사장이 처음으로 입을 열었다.

정말 국감이 열릴 수도 있단 위기감 때문이었을까? 그는 준철을 한 번 보더니 짧게 한숨을 내쉬었다.

"공정위 규제안…… 받아들이겠습니다. 다시 한번 죄송합니다. 새 운영 지침은 곧 언론에 공식 발표하겠습니다."

셀럽들의 배신.

무한 불신의 사회.

언론사들은 이번 사태를 그렇게 명명했다.

연예인보다 더 친근하고 소박하게 보였는데.

채팅창으로 소통까지 했었는데.

그래서 정말 수수하고 가까운 사람인 줄 알았는데.

돌아오는 건 기만과 배신이었다.

혹자는 이를 두고 가족에게 뒤통수 맞은 기분이라 했다.

식약처는 곧 경고 상품 회수 조치를 내렸고, 경찰까지 동원해 폐업 조치에 들어갔다. 소비자들의 민원 전화로 한동안 소비자보호센터 전화가 마비될 지경이었다.

이런 혼란 속에서도 방송국 카메라들은 일제히 역삼동에 위치한 웹튜브 코리아로 향했다.

김기택 지사장이 대국민 발표를 했기 때문이었다.

그들이 약속한 시간이 되니, 침침한 얼굴의 한 사내가 등장했다.

"시작하기에 앞서…… 최근 벌어진 일련의 사태에 대해 깊은 책임을 느끼고 있다는 점을 미리 말씀드리고 싶습니다. 다시 한번 국민 여러분께 진심으로 사죄드립니다."

그는 단상 앞에서 허리를 숙이고 다시 원고를 들었다.

"급격히 성장하는 방송 시장에서 플랫폼의 역할론이 대두되고 있는 시점입니다. ……(중략)……. 최근 벌어진 사건들에 대해 많은 국민들이 우려를 보내 주셨습니다. 처벌 수위가 미미하여 같은 문제가 재발해도 막을 수가 없단 우려가 계속되고 있습니다. 이 문제는 저희 임원진 또한 깊이 고민하고 있는 바입니다. 하여 저희들의 새 운영 지침에 대하여 말씀 드리고자 합니다."

김기택 사장의 발표에 기자석이 웅성거렸다.

미국계 기업이라 콧대가 하늘을 찌르는 놈들 아닌가? 정치권도 못 다루는 놈들이라, 세간에선 웹튜브가 치외법권을 가지고 있단 말도 나왔다.

찰칵, 찰칵.

그런 웹튜브가 새 운영 지침을 발표하겠다고 하다니.

곧 주변에선 플래시 세례가 터졌고, 김기택 사장은 다시 말을 이었다.

"추후 뒷광고 문제엔 쓰리아웃제를 시행할 계획입니다. 1차 적발 시엔 계정 60일 정지, 2차엔 180일 정지. 계정 정지 기한에는 수익 창출 또한 금지됩니다. 그리고 마지막 3차 적발 시엔 계정 영구 정지. 퇴출토록 하겠습니다."

공정위가 요구하는 처벌에서 하루도 빼지 않았다.

"소액 광고나 단순 표기 누락에 대해선 따로 계도 조치를 마련할 계획입니다만. 고의성이 발견되면 이들에게도 엄격히 적용할 계획입니다. 더 이상 실수라는 이름에 숨어 시청자를 기만하는 행위는 없어져야 할 것입니다. 다시 한번 사과의 말씀을 올리며, 깊은 사죄를 드립니다. 저희 운영진들은 이제부터라도 시청자들의 무너진 신뢰를 회복하는 데 최선을 다하겠습니다."

그가 발표가 끝내자 카메라석에선 난리가 터졌다.

"업계에선 소상공인들이 위축될 수 있단 우려도 있는데요!"

"소액 뒷광고의 기준이 뭡니까?"

"단순 표기 누락에 대해선 어떤 '계도' 조치가 따르는지요?"

하고 싶은 말이 많았지만 김 지사장은 말을 아꼈다.

하지만 그가 피할 수 없는 질문도 있었다.

"현행 지침은 언제부터 적용되는 겁니까? 최근 벌어진 사건에 대해선 해당 안 되는 겁니까?"

지사장이 우뚝 멈춰 서더니 말했다.

"새 지침은 오늘부터 적용 될방침입니다. 현재 문제가 된 크리에이터들은 아직 조사 중인 걸로 압니다. 만약 명백해지면 제재를 피하기 힘들 겁니다."

애둘러 말했지만 그의 말을 요약하면 하나였다.

소급적용하겠다.

공정거래
위원회

웹튜브의 새 운영 지침이 발표된 당일.

한 여자가 웹튜브를 켰다.

"안녕하세요, 구독자 여러분. 박혜선입니다. 먼저 제가 말주변이 없어 영상을 녹화본으로 찍는다는 거 양해해 주십쇼. 최근 불거지는 논란에 해명하기 위해 이 영상을 올립니다."

크로마키 배경에 검은색 정장.

그녀도 이 전형적인 사과 영상에서 벗어나지 못했다.

다른 게 있다면 그녀의 얼굴이 몰라보게 수척해졌다는 것. 취조실에서 처음 봤던 그 고고하고 당당한 얼굴은 더 이상 찾아볼 수 없었다.

"사실 깊은 고민을 많이 했습니다. 하지만 저의 혐의에 대해 더는 부정하지 않아야겠단 판단에 이르렀습니다."

덤덤히 말하던 그녀는 고개를 숙이고 다시 말했다.

"현재 뒷광고 의혹이 일고 있는 여러 상품들에 대해 저는…… 뒷광고를 받았습니다. 단순히 표기를 누락한 것이 아닌…… 광고비를 받고 내돈내산 리뷰 등을 작성했습니다."

참 인상적인 장면이었다.

에둘러 변명하던 김미영과 달리 처음으로 뒷광고를 공식 인정한 영상이었으니.

"하지만 현재 제가 광고했던 상품 중 몇 개가 식약처 안정성 검사에 불합격하는 등의 문제가 있다는 것을 들었습니다. 이와 관련해 팬 여러분…… 혹은 소비자분들의 부작용 후기 등도 올라오는 것으로 압니다."

그게 결정타였을까?

"긴 변명은 필요 없을 것입니다. 제가…… 저를 믿어 주신 많은 팬 여러분의 신뢰를 저버렸습니다. 명백한 잘못으로 변명의 여지가 없는 문제입니다."

찔러도 피 한 방울 안 나올 것 같았던 그녀가 눈물을 보였다.

"하여 상의 끝에 모든 영상을 내리고, 계정 활동을 잠정 중단하기로 했습니다. 거듭 말씀드리자면 죄송한 마음뿐입니다…… 저를 믿고 응원해 주신 팬 여러분께 진심으로 사죄드립니다."

3분짜리 사과 영상은 사람들에게도 회자되었다.

─악어의 눈물 아니야? 안 받았다고 해명 영상 올린 게 언젠데?─

─시기가 참 절묘하네요. 웹튜브가 새 운영 지침 발표하니까 갑자기 호다닥?

─지금까지 버티다가 더 이상 안 될 거 같아서 우는 거지? 네 말 믿고 마스크팩 20세트 샀다가 피부암 걸릴 뻔했다. 반품도 네가 해 ─

참 묘한 기분이었다.

모든 일이 순리대로 돌아갔는데, 마음 한편은 이렇게 찝찝하다니.

막상 그녀의 사과 영상을 보니 동정심이 들어서일까?

'……그건 아닌 것 같고.'

지금은 욕해도 결국 바람 피운 애인 용서하듯 봐줄 이 댓글들 때문이겠지.

뭐 그렇다면 어쩔 수 없는 일이다. 대체 불가한 사람이란 거겠지. 잘못한 일을 만회할 만큼 출중한 방송 실력을 보여줬단 뜻이겠고.

"반장님. 저희 반품 처리는 어떻게 한답니까?"

"일단은 기업더러 회수 다 하고 폐업 신고하라 했습니다. 저희도 이거까지 처리해 줄 인력은 없으니까."

"그럼 해당 기업에 반품 신청하면 되는 겁니까?"

"네. 반품 처리 안 하면 소비자보호센터가 출두할 거예요. 왜요, 문제 있습니까?"

"아니요. 감사합니다."

준철은 서랍에 있던 선크림과 마스크팩을 들었다.

이젠 공정위의 손을 떠난 문제다.

부디 저 눈물이 진심이었기를.

올해의 공정인상 (1)

"솔직히 말해 기대 이상의 수사 성과였습니다. 본청에서 준 기획 수사라 해도 숨은 돈 찾아낸 건 그들 아닙니까?"

"저도 밥숟가락만 얹은 수사는 아니었다 봅니다. 이 사건을 천억대까지 파헤치고 웹튜브까지도 굴복시킨 건 TF팀의 혁혁한 공입니다."

낙엽이 떨어지고 첫눈의 계절이 찾아왔다.

한 해를 마무리하는 시점에 안 바쁜 공무원이 어디 있겠냐만, 공정위에게 12월은 더욱 특별했다.

"해서 드리는 말씀인데. 올해의 공정인상은 뒷광고 TF팀이 수상하는 게 어떨지."

바로 올해의 공정인을 뽑아야 하기 때문.

소비자정책국 이지성이 포문을 열자 각 부처 국장들이 헛기침을 내기 시작했다.

"험험. 규모만 따지고 보면 저희 카르텔조사국이죠. 건설사 12곳의 입찰 담합, 이 규모가 3천억대였습니다."

"흠흠. 규모보다 더 중요한 건 파급력 아닙니까? 통신사들의 가격 담합 잡아낸 건 저희 시장감시국입니다. 공정위 홈페이지에 고맙다는 글이 얼마나 올라왔었는지 원."

"저희 경쟁정책국은 유수의 시민단체로부터 감사패를 받았습니다. 삼광 그룹 일감 몰아주기 잡은 건 저희입니다. 아마 저희가 못 잡아냈으면 세금 한 푼 안 내고 경영권 물려받았을 겁니다."

각 국장들이 열렬히 자기 PR을 하는 와중에 침묵을 지킬 수밖에 없는 이도 있었다.

'……저 사건들 다 우리 종합국이 도와준 거구만.'

이럴 때마다 서러운 게 종합감시국이다.

본래 종합국은 약식 조사만 해 전문 부처에 넘기거나, 큰 사건 터진 데 있으면 차출되는 곳이니.

"아무리 그래도 이번 뒷광고 수사만 못하지. 천하의 웹튜브가 광고 규제안을 발표했는데, 이게 쉬운 일인가?"

"그러니까 인정한다고. '이달의' 공정인 상은 당연히 뒷광고 TF팀이 받아야지. 근데 '올해의' 공정인상은 역시……."

공정인상.

실무진들의 사기 진작과 실적 재고를 위해, 매달 선정하는 상. 여기엔 매달 선정하는 이달의 상이 있고, 그중 베스트를 선발하는 '올해의' 공정인 상이 있다.

'이달의 상'이야 적당히 돌아가며 받는다지만 올해의 공정인은 절대 나눠 가질 수 없는 상이었다.

연초 시무식 때 공정위원장님이 직접 수여하는 상 아닌가?

이는 각 부처 수장인 국장들의 자존심 문제기도 하며, 내년 회식비 예산은 여기서 결정 난다 해도 과언이 아니었다.

"어휴– 이게 뭔 노벨상도 아니고. 매년마다 싸우는구먼."

"이번 년도도 처장님께서 한번 판단해 주십쇼. 솔직히 누가 받아야 하겠습니까?"

진전 없이 대화가 이어지자 국장들이 사무처장에게 물었다.

최 처장은 이들의 얼굴을 살피며 빙긋 웃었다.

"더 하지들 그래. 한참 더 재밌어지겠구먼."

"이러다 저희끼리 싸움 붙겠습니다. 처장님이 결정해 주십쇼."

"어려운 결정은 꼭 늙은이더러 하래."

즐거운 고민이다.

징계 심사가 아니라, 누가 더 일 잘했나를 선발하는 과정이니.

최 처장은 국장들이 올린 추천 인물들을 들었다.

"이 국장."

"예."

"이 친구는 한 번 받지 않았어? 낯이 많이 익은데."

"아, 한유미 과장이요. 맞습니다. 홈쇼핑 허위 광고로 과징금 30억 때린 게 이 친구입니다."

"준 놈을 또 줘? 명색이 그래도 올해의 공정인상은 우리한테 노벨상인데."

"뭐 퀴리부인도 두 번 받지 않았습니까? 하하. 물론 한 과장 성격상 또 받지는 않을 겁니다. 이번 수사에서 가장 핵심적인 역할을 한 팀장급에게 공을 돌리겠지요."

처장님의 물음에 다른 국장들의 얼굴이 밝아졌다.

아무리 일 잘한다고 상을 또 주는 건 말이 안 되지.

가장 압도적인 경쟁자가 없어지자 희망이 생겼다. 혹시 그렇다면 이번엔……?

"김태석 국장."

"예."

"왜 종합감시국은 추천 인사 안 올렸나?"

갑자기 말을 건네자 김태석 국장이 당황했다.

왜 안 올렸는지 제일 잘 아시는 분이 왜……?

"저희야 항상 약식 조사해서 전문 부처에 넘기는 곳 아닙니까. 가끔 큰불 터지면 구조 요청 가고."

"그래도 이번에 활약상이 좀 많았다고 들었는데?"

공정거래
위원회

"오늘 얘기 나눠 보니 명함 내밀 자리는 아닌 것 같습니다. 저희는 이달의 공정인상으로도 충분합니다."

종합감시국도 이달의 공정인상은 여러 번 탔다.

하지만 '올해의 공정인상'은 한 번도 타지 못했다. 공정인상이 제정된 이후 단 한 차례도 수상 이력이 없는 것이다.

본디 종합감시국 자체가 전면에서 나서서 업무 성과를 자랑할 수 없으니 어쩔 수 없는 일이다.

"그래, 그렇다면 또 어쩔 수 없고."

"더 분발하겠습니다. 내년엔 꼭 노려 보지요."

최 처장은 웃으며 고개를 끄덕였고, 서류를 덮더니 길게 뜸을 들였다.

"나날이 공정위 성과가 올라가니 좋네. 거시적으로 보면 그만큼 기업 독과점, 갑질이 심해진단 뜻이겠지? 내년도 지금처럼 혹은 그 이상 분발하라고."

"예."

"그런 내가 봤을 때, 올해의 공정인상은, 아무래도 역시······."

❦

"이번엔 진짜 고향으로 돌아가자. 얼른얼른 짐 챙겨."

끝을 모르고 이어졌던 타향살이가 이젠 정말 끝이다.

공식적으로 모든 사건이 종결되었을 때, 종합팀은 비로소 짐을 쌀 수 있었다.

"반장님 우리 진짜 가도 되는 겁니까? 아직 시중에 유통된 상품이랑 반품 처리 안 됐다는데."

"저도 불안합니다. 갔다가 또 막 복귀되고 그러는 거 아녜요?"

김 반장은 들은 체도 안 하고 짐을 챙겼다.

"재수 없는 소리들 말어. 이 정도 해 줬으면 우리 역할은 다 한 거지."

"윗분들이 그렇게 생각하느냐가 문제죠."

"안 하면 어쩔 건데. 이 이상 얼마나 더 잘해 줄 수 있냐?"

때마침 과장실에서 준철이 복귀했다.

"벌써들 짐 싸세요?"

"네. 혹시 뭐 또 개별 전달 사항 있나요?"

"아니요, 없습니다. 오 과장님도 빨리 복귀하라 하시네요. 고생 많았다고."

"어휴— 다행이네. 팀장님도 얼른 싸세요. 괜히 붙어 있다가 또 일 떨어집니다."

"네. 오늘은 원대 복귀만 하고 퇴근이니, 쉬엄쉬엄하세요."

준철도 곧 이사 복귀 대열에 합류했다.

이렇게 긴 파견은 이번이 처음인가?

재수가 참 나빴다. 약관심사과에서 일하다 바로 뒷광고 수사에 합류했으니.

그래도 이젠 이 지긋지긋한 소비자정책국과 안녕이다.

"팀장님. 그때 그 만나시는 분과는 뭐 별 진전 없습니까? 흐흐."

"무슨 말씀이세요."

"그 박다영 팀장님 있잖아요. 금감원에서 YK암보험 같이 조사했던."

"그분이 왜……."

"아이참— 우리도 알 건 다 압니다. 그분이 행시 동기라면서요? 우리 안 볼 땐 서로 말씀도 편하게 하시더만."

"그 사건 우리가 맡은 것도 팀장님이 부탁받은 거 아닙니까."

"흐흐. 뭐 좀 기대해도 되는 겁니까? 조만간 국수 먹는 건가요?"

유일한 총각 팀장이었기에 반원들의 관심이 쏟아졌다.

하지만 준철은 머리를 긁적이며 고개를 저었다.

"그냥 시들해졌습니다."

"시들? 아니, 왜요?"

"시간 때문이죠 뭐. 연애는커녕 집에 퇴근하기나 하면 다행이었는데."

"아……."

뒷광고 사태로 두 달 동안 합숙 생활하지 않았나?

집에 있는 마누라도 일 중독자냐고 욕하는 마당에, 썸 타는 애인 정도야 진즉 떠나갔겠지.

"그분 진짜 예쁘셨는데…… 성격도 호탕하시고."

"뭐 더 좋은 인연 나타나겠죠."

준철은 대충 그렇게 둘러댔다.

연락할 기회가 아주 없었던 건 아니다. 사실 그녀가 종종 안부도 물어 왔었지만 준철은 답장을 자제했다.

본분에서 벗어나지 않아야겠다고 모질게 마음먹었다.

"자, 그럼 갑시……."

"어머, 어디 뭐 도망가? 벌써들 짐 꾸렸어?"

그렇게 미련 없이 떠나려던 찰나에 또 불청객이 등장해 버렸다.

한 과장이 생긋 웃으며 문을 두드린 것이다.

이런 광경을 이미 한 번 경험했던 터라 반원들은 PTSD가 올라올 것 같았다.

"왜? 내가 뭐 못 올 데 왔나?"

"아닙니다. 혹시 무슨 문제 있습니까?"

"고마운 사람들 마지막 배웅하러 왔지. 아, 긴장들 풀어. 이번엔 자백 빨리 나와서 수사 그리 길지도 않았잖아."

"아…… 하하."

마지막, 배웅. 이라는 말에 반원들도 겨우 웃음을 되찾았다.

공정거래
위원회

한 과장은 반원들과 일일이 악수를 나누며 노고를 치하했다. 수사 고과에 점수를 왕창 몰아줬다는 덕담도 잊지 않았다.

"그리고 이 팀장은 잠깐 나 좀 보자."

"아, 예. 알겠습니다."

그렇게 반원들을 뒤로하고 준철은 그녀를 따라나섰다.

"좀 섭섭하다. 난 이 팀장이 나랑 같은 부류인 줄 알았는데 그렇게 싫었어?"

"아닙니다. 과장님 덕분에 정말 많이 배웠습니다."

"그래? 그럼 나랑 좀 더 일할까? 내가 봤을 때 이 팀장은 불법 광고 적발에 자질 있어. 나랑 방송국들 잡으러 다니자."

"……종종 도우러 오겠습니다."

자질은 무슨. 그냥 뒷일 생각 안 하고 덤비는 팀장이 필요한 거겠지.

끈질긴 그녀의 유혹에도 불구하고 준철은 같은 대답만 되풀이했다.

한두 번 당해 본 유혹이 아니라 이젠 익숙했다.

"진짜 매정하구나. 좋아, 오늘은 뭐 그 얘기 하려고 온 건 아니고, 이 팀장."

"예."

"상 하나 받자. 공정인상 알지?"

그게 뭡니까? 라고 물을 겨를도 없이.

"올해의 공정인상으로 우리 뒷광고 TF팀이 받게 됐어. 그거 이 팀장이 받아."

"죄송한데 그게 뭔지 잘…… 그냥 제가 대표로 받는 겁니까?"

"아, 이 팀장 부임한 지 얼마 안 돼 잘 모르는구나."

그녀가 상에 대해 짧게 설명하자 준철의 눈은 더욱 커졌다.

"그 귀한 상을 왜 저한테……."

"일 잘했으니까."

"이번 수사 주도한 건 과장님 아닙니까. 과장님이 받으셔야죠."

"난 이미 하나 있어. 3년 전에 홈쇼핑 수사하고 선정됐거든."

"그럼 저희 TF팀 전체가 받는 게……."

"이게 무슨 개근상인 줄 알아? 호호. 윗선에서 올해의 공정인 상을 나더러 추천하라더라. 젊은 사무관들 발굴하자는 상이라 그게 더 취지에 맞기도 하고."

"이거 소비자안전과 다른 팀장들도 있는데……."

"나 원래 이런 평가 내릴 때 피도 눈물도 없어. 냉정하게 내린 업무 평가로 이 팀장 추천한 거야."

준철은 무어라 대꾸할 수 없었다.

지극히 그녀다운 선택이었지만 그렇다고 넙죽 받기엔 민

망했다.

그러거나 말거나 한 과장 눈에선 꿀이 폭포수처럼 쏟아지고 있었다.

"혹시…… 저 이거 받으면 여기서 계속 일해야 되는 겁니까?"

바보 같은 질문이었겠지만, 분명 그녀의 눈은 그렇게 말하고 있었다.

다음 권으로 이어집니다

ROK
MEDIA
로크미디어

사령왕 카르나크

임경배 판타지 장편소설

『권왕전생』『이계 검왕 생존기』의 작가 임경배 신작!
죽음의 지배자, 사령왕 카르나크의 회귀 개과천선(?)기!

세계를 발밑에 둔 지 어언 100년
욕망도 감각도 없이 무심히 흘러가는 세월 속에서
결국 최후의 수단으로 회귀를 결심한 사령왕 카르나크!

충성스러운 심복, 데스 나이트 바로스와 함께
막 사령술에 입문한 때로 회귀하는 데 성공!
한 맺힌 먹방을 만끽하는 것도 잠시
뭔가 세상이…… 내가 알던 것과 좀 다르다?

세계의 절대 악은 아직 아무 짓도 하지 않았는데
멸망을 향해 미친 듯이 달려가는 이 세상
저 악의 축들을 저지해야 한다,
인간답게(!) 잘 먹고 잘 살기 위해서는!

꿈의 도약, 로크에서 하십시오
(주)로크미디어에서 신인 작가를 모십니다

즐거운 세상, 로크미디어는 꿈을 사랑하고 도전을 두려워하지 않는 작가 분들의 참신한 작품을 기다리고 있습니다. 21세기 장르 문학계를 이끌어 갈 차세대 선두 주자. (주)로크미디어에서 여러분의 나래를 활짝 펴 보시길 바랍니다.

모집 분야 판타지와 무협을 포함한 장르 문학
모집 대상 아마추어 작가, 인터넷 작가
모집 기한 수시 모집
작품 접수 시 유의 사항
    1. 파일명은 작가명_작품명.hwp형식을 갖춰 주십시오.
    1. 파일에 들어갈 내용은 다음과 같습니다.
        — 성명(필명인 경우 실명을 밝혀 주세요), 연락처, 이메일 주소.
        — 제목, 기획 의도.
        — A4 용지 1장 분량의 등장인물 소개.
        — A4 용지 2장 분량의 전체 줄거리.
        — 본문.
    1. 작품이 인터넷에 연재되고 있다면, 게시판명과 사이트의 구체적이고 정확한 주소를 기재해 주십시오.

선택된 작품은 정식 계약 후 출판물로 간행되어 전국 서점에 유통됩니다.
작가분은 (주)로크미디어의 전폭적인 지원하에 전속 작가로 활동하시게 됩니다.
※ 자세한 내용은 로크미디어 홈페이지(rokmedia.com)를 참조하세요.

(04167)서울시 마포구 마포대로 45 일진빌딩 6층
(주)로크미디어 편집부 신간 기획 담당자 앞
전화 : 02 – 3273 – 5135
www.rokmedia.com   이메일 : rokmedia@empas.com